Gen Urobuchi
虛淵玄
(Nitroplus)
煉獄之炎
Fate/Zero
6
Illustration
武內崇・TYPE-MOON

Cover Illustration/ Takashi Takeuchi (TYPE-MOON)
Coloring/ Shimokoshi (TYPE-MOON)
ACT Illustrations/ Shimokoshi (TYPE-MOON), IURO
Logo design/ yoshiyuki (Nitroplus)
Design/ Veia
Font Direction/ Shinichi Konno (TOPPAN printing Co.,Ltd)

終章

ACT.15

-25：48：06

當韋伯．費爾維特回到麥肯吉老夫婦位於深山町的住家時，夜空已經開始微微露出魚肚白了。

他在夜晚的國道走了好幾個小時，要不是中途攔到計程車的話，肯定走到天亮也走不回市內。竟然能在那麼偏僻的地方遇到沒載客的計程車，韋伯對自己的幸運真不知該覺得感謝還是生氣，其實剛才與Saber戰鬥的那一刻才是他真正需要幸運眷顧的時候。自己的運氣總是來的不是時候，讓韋伯的心情頹喪不已。

下了計程車，一整晚漫長的行軍讓韋伯嘆了一口長氣。就在這時候，他聽見有人在叫自己的名字。

「——喂～～韋伯。我在這裡，在這裡啦。」

聲音竟然是從頭頂上傳來的。

韋伯抬頭一望，乍見還以為好夢正酣的一家之主葛連老人竟然坐在二樓的屋頂上，對門口的韋伯招手。

「爺、爺爺？你……你在做什麼啊!?」

「沒事沒事。你也上來吧……咱爺孫倆來聊聊天。」

「聊天……可是……為什麼要在屋頂上？」

「這裡可以看到平常看不到的風景。想要沐浴第一道晨光的話，這可是最好的位置啊。」

韋伯很懷疑葛連老人是不是老到痴呆才做出這種奇怪的行為，老實說他實在懶得奉陪，昨晚他才剛耐著嚴寒走到腳都快抽筋，真想早一點鑽進被窩讓身體好好休息。

「爺爺……要聊天的話可不可以等到早上再聊？」

「好啦好啦，別這麼說。」

雖然說話語氣很平和，但不知為何，葛連老人很堅持一定要韋伯陪他。

『你就去吧，小子。那老人家似乎有什麼重要的話想說。』

從韋伯的肩頭附近傳來一陣只有他能聽見的粗重嗓音這麼說道。Rider 現在也終於答應保存魔力，與 Saber 打完後，回來一路上都保持靈體的型態。

『至於朕嘛……朕就到附近晃晃，監視四周。你就放心吧，不用客氣。』

「我沒有客氣什麼……」

韋伯差點就要出聲反駁，趕緊捂住嘴巴。葛連老人當然看不見靈體化的從靈。如果韋伯現在開口說話，看起來就像是自言自語，一定很奇怪吧。

——怎麼每一個人都不管我怎麼想……

韋伯覺得忿忿不平。聖杯戰爭都已經進入最後關頭，為什麼自己要這麼可憐，在這緊要時刻還得配合這個陌生老人的怪異習慣。但是他也實在懶得繼續爭下去，而且就算要爭，如果被問起為何天亮才回家，他也不知道該如何解釋。到頭來他還是放棄抵抗，前往老人所在的屋頂。

麥肯吉家有一處與其他附近住宅不同的地方，那就是二樓的閣樓與天窗。只要從二樓的樓梯轉彎平臺繼續登上前往閣樓的爬梯，就可以輕易從天窗來到屋頂。這種奇特的構造似乎不是偶然，而是一開始建造房子的時候就設計成能夠簡單爬上屋頂。只要習慣的話，爬屋頂感覺就像是走上頂樓一樣稀鬆平常。

但是就算爬起來再輕鬆，想要在幾乎下霜的冬天早晨坐在屋頂還是需要一點耐力。此時走出天窗的韋伯就被呼嘯的北風吹得忍不住縮起身子，沒有遮蔽物的冷風可比在地上刺骨多了。

「坐吧。來，爺爺還準備了咖啡，喝了會很暖和喔。」

葛連老人輕鬆地說著，一邊從擺在身旁的保溫瓶中倒出熱騰騰的液體。他身上穿著羽絨外套，外面還裹了好幾層毛毯，防寒準備似乎非常充足。韋伯見狀都呆住了，這個老人究竟想做什麼？都一把老骨頭了，還這樣折騰自己。

「爺爺……你從什麼時候開始坐在這裡的？」

「凌晨醒來的時候發現你還沒回來啊。反正這時候也差不多可以看見春天的星座，就想說久久上來一次，一邊看看天空一邊等孫子清晨回家……」

老人的大好興致讓韋伯無言以對。他臭著一張臉，喝著老人遞過來用野外餐具杯盛裝的咖啡。為了想看黎明時分的星座，竟然還一大清早爬起來，人只要一上了年紀就會這麼閒著沒事幹嗎？

「怎麼啦，韋伯？你小的時候不是也很喜歡這裡嗎？咱們還好幾次一起看星星呢，記得嗎？」

「嗯……應該吧。」

韋伯根本不知道過去的事情，便隨口應了兩句，一邊眺望眼下的風景。

因為房子坐落於山丘的斜面，從屋頂上可以將深山町到海岸的冬木市全景盡收眼底。冰冷的空氣非常新鮮澄淨，海面被即將到來的黎明染成珍珠色，遠遠可見在海平面上航行的點點船影。

「怎麼樣，風景不錯吧？」

「……」

對韋伯來說這是戰場的全景圖，他怎麼可能有多餘的心力享受美景。

「我一開始原本因為出差才造訪這塊土地……後來我和瑪莎商量想要在冬木終老一生的時候，她二話不說就答應了。我們決定房子就蓋在深山町的山丘上，一定要裝一個可以出入屋頂的天窗……可是克里斯那小夥子還是忘不了多倫多，我本來還以為他們的孩子會以日本人的身分長大呢。」

葛連老人回憶著過去。他的眼神就好像在眺望遠方海洋的另一頭，背棄父母離家的孩子們所居住的故鄉。

「……爺爺，你這麼喜歡日本嗎？」

「還好啦。可是如果要問是不是值得為了這個理由與孩子們鬧翻……老實說，是有點懊悔。」

老人想起過去孤獨的時光，嘆了一口氣。

「像這樣坐在自己喜歡的地方和孫子一起看星星，是我長久以來的夢想，沒想到竟然真有實現的一天哪……」

「——咦？」

老人苦笑著陳述心事。韋伯在他這番話中察覺到一種無法充耳不聞的矛盾，怔了一怔。

葛連老人靜靜搖搖頭，好像要韋伯不要問。開口說道。

「我真正的孫子們從來沒有上來過這個屋頂，瑪莎也怕高，所以每次我眺望星空的時候總是只有我自己一個人而已……」

「……」

除了危機感與震驚之外，難堪的羞恥心更是給予韋伯沉重的打擊。

「韋伯，我問你，你不是我們的孫子吧？」

暗示……被破解了——而且還是被這個沒有任何魔術素養、平凡無奇的和善老人打破。

「我——」

「嗯，你到底是誰呢？不過你是誰都不重要，雖然我實在搞不懂為什麼我和瑪莎都把你當成孫子看待。不過我們活這麼久了，世界上的奇聞異事都只當成不可思議的事情，不會去追根究柢……總而言之如果要當我們的孫子，你平常表現地實在太善良了。」

「……你不覺得生氣嗎？」

韋伯嘶啞著嗓子問道。葛連老人露出五味雜陳卻沉穩的表情，側著頭說道：

「這個嘛，照理來說應該是會生氣……不過瑪莎這陣子常常笑得很開心，這是以前根本難以想像的。就這一點來說，我反而很感謝你。」

「……」

「而且看樣子你好像不是要對我們不利才住進來的。你還有那個叫做亞歷士的男子都是現在少見的正直年輕人。你們究竟是為了什麼目的才這麼做，這件事想必我們想破了頭都無法理解吧。」

如果依照韋伯的標準來看，現在這名老人實在太疏於防備、太駑鈍了。在時鐘塔的學院裡，就連實驗用的白老鼠都還更機靈些。

韋伯不明白為什麼老人不怨恨也不責備他。他只了解時鐘塔這個狹小世界的運作道理，對他來說，老人的寬容他完全無法理解。

「既然不明白你們的事情，我不知道還能不能這樣拜託你……不過如果可以的話，能不能像現在這樣再維持一陣子？

先不提我，瑪莎短時間之內似乎還不會察覺有什麼不對勁。雖然我們不明白這究竟是一場夢還是什麼，不過對我們來說，一段與善良孫子共度的時光可是無上的寶物啊。」

韋伯的心中羞憤交加，低頭看著自己的手。

他曾經深信這雙手總有一天一定會成就神祕的奧妙，自己一定有這種才幹——就算受到世人否定，最起碼只要自己不放棄自己的話，總有一天……這是他長久以來堅

信的可能性。

但是結果又如何呢。

就連催眠暗示這種基本中的基本都會失敗，就算用運氣不好或是意外等理由都說不過去。他的魔術甚至對一個開口要求『拜託請繼續騙我』的老好人都無法維持正常效果。

要是那個男人的話，這點小事只要主動找上門，笑著共飲幾杯酒就搞定了。韋伯・費爾維特的魔術連這種程度都辦不到，而且還接受人家的寬大包容。

韋伯悔恨至極，甚至還覺得有些滑稽——沒錯，到頭來他只是個小丑而已。

長久一來，他一直沒發現自己眼前的事實，只看著一些不存在的事物，把自己喜愛的自畫像當成是一面鏡子。現在他可以明白以前時鐘塔那些嘲笑他的人心中在想什麼了，韋伯自己都想和他們一起嘲弄自己的愚蠢。

但是現在他不能笑。葛連・麥肯吉與瑪莎夫婦要的不是一齣喜劇，他們是因為他們自己重要的理由才來拜託韋伯的。仔細想想，除了被當作嘲弄的對象之外，這可能還是第一次有人拜託韋伯扮演其他角色。

「……很抱歉，我不能向你保證。因為我無法確定能不能平安地再回到這裡來。」

「也就是說，你是在冒生命危險囉？」

「沒錯。」

就在半天之前，Saber 寶具的閃光還曾經逼近到自己眼前。韋伯還無法這麼快就忘記那時候他窺見的死亡深淵。

葛連老人不說話，好像陷入長考，語重心長地點頭說道：

「我不知道那件事對你有多重要……不過請你聽我這老人一言，人生在世，活了一輩子之後回顧這一生，到頭來還是沒有任何事能與生命相提並論。」

「……」

這番訓誡與韋伯耗費青春追求的真理完全相反。

所謂的魔導就是要先從接受死亡開始──以那個唯有燃燒自我生命才能到達的境界為目標。在今天之前，那應該是他真正的希望才對。

但是如果要找一個適合自己的生活方式，說不定這個和藹老人的勸誡才是真理。

韋伯心中懷抱著難以言喻的失落感，注視眼前的晨光。

這時候他還不知道，第四次聖杯戰爭的最後一天終於到來了。

-17：21：41

人們都記得這一天冬木市的天氣十分異常，前所未見。

持續了好幾天的北風戛然而止，好像從來沒有發生過似的。強烈的日照如同旱暑一般，讓沉悶的空氣溫度直線上升，到處都可以看到不合時節的海市蜃樓。這種高溫多溼的天氣只發生在以冬木市為中心的部分極小區域，就連氣象播報員都無法解釋原因，讓市民開始感受到一種莫名的怪異預感，而且愈發強烈。

相繼發生的幾起都市游擊戰事件、悽慘的變態殺人事件以及幼兒失蹤事件依然還在五里霧中，毫無線索。在夜間戒嚴令不知何時能解除的情況下，又加上三天前未遠川發生工業廢水災害——連日來的幾起怪異事件讓人們神經緊繃，身心俱疲，就連天候異常感覺都像是在預告更大的災厄即將降臨。

× ×

徹夜未眠的衛宮切嗣坐在樹蔭下，睜大雙眼看著強烈的日照一點一點改變陰影的

角度。

雖然距離上次睡眠已經超過四十個小時，但是他的神經依然緊繃，完全沒有一點睡意。

愈是危急的狀態之下愈要找時間休息，維持最佳狀態以應付萬一的狀況，這是任何戰鬥專家都具備的常識。切嗣已經在幾處重要地點設下預警結界，一旦有任何人靠近的話，馬上就可以讓意識清醒過來。現在既然處在待命狀態下，他應該可以每隔幾分鐘讓意識進入快速動眼睡眠，逐步消除累積已久的疲勞。

不過現在切嗣卻連這種常規思慮都不放在心上。雖然「機械」可以不帶任何感情以維持最佳狀態，但是如果做好可能過熱燒毀的心理準備，「機械」也可以不顧極限地狂操猛使。切嗣之所以讓自己切換到這種極限運作狀態，正是因為他深切地感受到「結束的時刻」即將到來。

切嗣現在待命的地方是位於冬木市西邊的圓藏山山頂，柳洞寺後方的池塘邊。

他昨晚在遠坂宅確認遠坂時臣已經淘汰，而且知道言峰綺禮又重回戰場之後，馬上攻進位於新都的教會，不過應該是代行者根據地的教會早已人去樓空。殘留的形跡顯示一個小時左右之前教會還有人在，應該就只差那麼一步。入侵間桐家與遠坂家所浪費的時間是最關鍵的失誤。

那時候切嗣已經徹底放棄尋找愛莉斯菲爾，因為他判斷要是繼續花時間找她的話就會愈來愈陷入敵人的伎倆中。如果想要真正掌握勝利，切嗣就必須不能再當個以妻為重的好丈夫，必須以追求聖杯的召主身分迎接戰鬥才行。

『聖杯容器』可以說是艾因茲柏恩家的王牌利器，失去了這件王牌，切嗣就得被迫與三大家以外的外來召主一樣，用同等的條件參加聖杯戰爭。他需要的策略已經不是利用優勢守株待兔以誘使敵人犯錯，而必須使用奇襲作戰突破對手的領先局面。照這樣想的話，能夠有效搶先敵人一、二步的戰略就是推測出最終決戰可能發生的地點，現在就預先占住地盤，設下陷阱。

聖杯戰爭表面上是採取生存戰的模式，但是隨著戰局的進行，戰況會演變成彼此互搶地盤。既然最終目標是執行聖杯降臨儀式，對勝利者來說，占有適合當作祭壇的地點是不可避免的重要過程。

在冬木之地當中，有四處土地具備足夠的靈格，可以當作召喚聖杯的場所。

最重要的地點就是擁有天然大洞窟『龍洞』的圓藏山，以羽斯緹薩為基盤的大聖杯就設置在這裡。這個只有三大家才知道的祕密祭壇早在一百八十年前就已經存在，是聖杯降臨的真正場所。

遠坂家身為土地提供者，原本可以優先將最佳靈脈當成自己的據點，但是圓藏山

中充斥的魔力實在太強大又太危險，無法當作培育下一代魔術師的生活場所，因此他們才在第二靈脈蓋起房子，也就是現在的遠坂宅邸。那裡雖然不比大聖杯，但是也有足夠的靈力支撐，可以讓聖杯降臨。

第三靈脈當初雖然讓給遷居而來的魔奇理家，但是他們後來發現該地的靈氣與家族屬性不合，因此間桐宅邸便移到別處，原本的靈脈由之後介入的聖堂教會據有，也就是現在冬木教會所在的山丘上。雖然地點位在隔著一條河的新都郊外，距離圓藏山很遠，不過那裡的靈格並不遜於第二靈脈。

這片土地本來沒有第四處靈脈，而是藉由魔術加工調整三處靈脈後，產生微妙變異的大源魔力流動經過一百多年的累積，在某一點聚集而成的，也就是後天產生的靈地。後來經過調查，確認該地具有足夠的靈格可以舉行儀式，從第三次聖杯戰爭開始便有人把這裡當作候補地點。這個地點現在位在新都新興住宅區的正中央，蓋了一棟全新的市民會館。

就算言峰綺禮拿到『聖杯容器』，最終他還是得在四處靈地中的某一處完成儀式。只要能夠搶先在該地設陷阱埋伏的話，還是有機會可以逆轉局勢。

因為冬木教會空無一人，切嗣反而意外地能夠搶先占據遠坂宅邸與冬木教會的第二、第三靈脈。為了利用這項可說是不幸中大幸的優勢，他在天還沒亮之前就已經把

所有炸藥全都帶來，將兩棟建築物設成陷阱，然後在午後以柳洞寺為新據點，持續進行監視。

切嗣預料綺禮可能會把圓藏山這裡當作舉行儀式的地點。敵人離開冬木教會的原因當然也是為了隱藏行蹤，但是既然主動放棄原本保有的靈脈，就可以推測出對方一開始就有意在更高級的靈地舉行儀式。如此想來，言峰綺禮在殺掉遠坂時臣的時候應該就可以奪得遠坂宅邸，但是他卻拂袖而去，所以剩下的地點就只有圓藏山的大聖杯了。

當然，這些行動或許全都是綺禮為了誤導切嗣而演的假戲，他再次回到冬木教會或遠坂宅邸的可能性也不是完全沒有。為此切嗣也已經在兩棟建築物中設下機關，只要綺禮走進任何一棟建築物裡就絕對不可能活著出來。只要從爆炸後的瓦礫堆中回收『聖杯容器』的話，就可以輕而易舉分出勝負——愛莉斯菲爾的性命他當然也已經看開，就當作她已經死了。

再來如果綺禮有意反將自己一軍的話，第四靈脈的冬木市民會館也不能置之不理，但是切嗣只在那裡配置一隻監視用的使魔。後來才確認具有靈格的第四靈脈還不屬於任何一方勢力，直到現在都還是「乾淨的土地」，從來沒有設過咒術防禦措施。從魔術戰的觀點來看，相較於其他三處儀式候補地點都是「易守難攻」的地勢，市民會

館完全沒有一點要塞作用。

就算言峰綺禮當真出現在市民會館，到時候只要正面進攻就可以了。雖然那的確是最糟糕的狀況，但是落於被動的時候風險也最低。依照優先順位的話，圓藏山才是切嗣無論如何必須占據的位置。

如果舞彌還在的話，至少可以讓她監控市民會館，做好萬全準備以迎戰綺禮。但是再懊悔也沒用了，現在切嗣能夠依靠的人就只有自己而已。

切嗣忽然回憶起他剛失去娜塔莉亞不久的時候。仔細一想，他沒有與人搭檔獨自行動的經驗竟然出乎意料地少。會對這一點感到意外——可能也是因為每次最後活下來的總是只有切嗣一人的緣故吧。

這麼一想，切嗣以往的人生一直都與孤獨這句形容詞無緣，這也是因為他的人生比孤獨還要更殘酷。切嗣的身旁總是有某個人在，而殺死或是害死那「某個人」的元凶不是別人，也正是切嗣自己。

舞彌和愛莉斯菲爾都是從見面的那一刻開始就註定分離的人，而現在切嗣果然還是獨自活著，準備面對最後的戰役。以這種方式開始，又以這種方式結束。這想必就是衛宮切嗣的天命吧。像自己這種人，上天怎麼可能允許他在別人的關懷之下死去呢。

——設置在山門的結界感應到有人接近。切嗣中斷毫無意義的感慨，手中提著

Calico衝鋒槍窺探寺廟境內。但是他不需要警戒，靠近過來的魔術波動是切嗣熟悉的對象。

對了——切嗣想起他沒有把對他而言應該是最強助力的存在當成自己人算進去，讓他為之失笑——雖然不知道這位不理會切嗣的策略擅自行動的聖潔騎士究竟算不算自己人，不過她也還活著。

就算隱藏起來，從靈當然不可能不知道自己的召主在哪裡。Saber直接來到切嗣藏身的樹叢前停下腳步。雙方的距離十分微妙，在對話可及的範圍之內，又是斬擊的劍圈之外。兩個相識的人以這段距離交談實在太遠，但是這段距離正代表這組從靈與召主心理上的隔閡。

纖細的西裝打扮和平常一樣筆挺體面，但是她的神色卻掩不住一絲憔悴。對身為英靈的她來說，就算肉體不會感覺疲勞，還是免不了因為勞心而耗乏吧。之前隨侍在愛莉斯菲爾身邊時的凜然眼神現在已經明顯不如以前銳利。

面對切嗣無言的眼神相對，Saber似乎也認為形式上的寒暄問候毫無意義，無精打采地垂下頭，開口說道：

「——從昨天晚上我一直在街上到處尋找愛莉斯菲爾的蹤影，但還是沒有任何線索……非常抱歉。」

切嗣腦中一直沒有想到這名從靈，就這樣放著她不管。她一整個晚上花了多久的時間做什麼事，切嗣一點興趣也沒有。而且一聽之下，Saber的行動就與他料想的一樣徒勞無用，他想不到任何話語可回答。

都到了這個關頭，Saber的目標還是「救出愛莉斯菲爾」。就在切嗣從昨天半夜到今天早上一步步設置死亡陷阱對付言峰綺禮的時候，這名從靈大概只是一個勁兒地尋找愛莉斯菲爾，像隻無頭蒼蠅般在市內毫無目的地亂衝亂撞吧。

這是她身為騎士的堅持嗎？還是對於曾經侍奉過的主君愚忠呢……她的行動雖然愚蠢，缺乏計畫性，但是對早早放棄妻子的性命而改變戰略的切嗣來說，卻也是最嚴厲的批判。

Saber到這裡來當然不是為了責備切嗣，她只是在搜索愛莉斯菲爾的途中來到柳洞寺，在這裡發現自己召主的氣息罷了。這兩個人隔了兩天之後再會，再次看到彼此的計畫與行動差別如此之大，結果只是讓他們重新認識雙方關係的不睦而已。

在切嗣從陰暗樹叢中送出的冷漠目光注視之下，Saber內心有一種冰涼的預感——直到所有戰鬥結束之前，她都不會與自己的召主好好說上一句話吧。

「……那麼我要繼續去尋找愛莉斯菲爾。如果有什麼狀況的話，就像之前那樣用令

咒召喚我。」

Saber只說了這句話，轉身回到寺廟境內。切嗣當然沒有叫住她，離去之時也沒有對她說任何一句關心的話語。

Saber自己也很清楚如果站在爭奪聖杯的觀點來看，切嗣的行動才是上策。正因為如此，她才直接決定把這裡交給切嗣。Saber不會不放心把切嗣一個人留在此地，因為她昨天已經親身確認過，萬一有什麼狀況需要從靈的話，令咒的強制力甚至能超越空間把她喚來。

Saber走在連接外界與山門的長長石階上，強烈到讓人不舒服的日照讓她瞇起眼睛。

看不到應該消滅的敵人在哪裡，也不知道應當保護的人身在何方……她只有一種確切的預感，那就是時間已經所剩不多了。

Saber甚至不曉得自己該往何處去，只有灼心的焦躁感從內在壓迫著她。

-16:05:37

時節異常的夏日天氣所帶來的蒸騰酷暑與言峰綺禮完全無關。

這片黑暗之處充滿冰冷的溼氣，完全隔絕地表的喧囂，擁有絕佳的條件可供綺禮躲藏到夜晚再行動。

綺禮離開冬木教會之後暫時藏身的地方是雨生龍之介與他的從靈Caster過去選為根據地，極盡慘無人道行徑的染血地下空洞——也就是位於冬木市地下水道網絡最深處的儲水槽。雖然他召喚的Assassin曾經在這裡犯下無可挽回的失敗，但諷刺的是就是因為這段回憶才讓綺禮想到把這裡當作新的躲藏地點。

之前Caster在璃正的命令之下成為所有召主的目標，但是一直平安活到未遠川大亂鬥才被消滅，這件事實證明了此地的高隱密性。唯一曾經查出此地並且攻進來的Rider與其召主，事到如今想必也不可能又來注意Caster的工房。

確保自身安全無虞之後，綺禮審視現在的戰局狀況。

他除掉了遠坂時臣、籠絡間桐雁夜、拿到聖杯容器之外還讓Saber與Rider起衝突，相互消耗、還隱藏自身的行蹤——

這些全都是綺禮決定重回聖杯戰爭之後不到一天之內的成果。

雖然有些部分是因為運氣好，但是所有事情進展地太過順利，一口氣改寫先前混沌不明的戰況走向。就連綺禮本人都大感驚訝，有一種莫名的恐懼感。

現在綺禮將戰鬥初期時臣原本占有的優勢用篡奪的方式完全承接下來。他得到這次聖杯戰爭降臨的從靈中實力最強的 Archer，而且還把 Archer 在屬性上最大的敵人 Berserker 連同其召主一起當成傀儡玩弄於股掌之間，現在已經沒有任何因素能夠威脅綺禮的優勢地位了。

無論 Saber 與 Rider 的戰鬥結果如何，只要利用 Archer 的超級寶具消滅勝利的一方，從靈之戰就會定局。如果騎士王與征服王雙方都還活著，甚至萬一還聯手挑戰綺禮的話，到時候還有 Berserker 可以擋住他們。雖然雁夜因為葵的關係已經形同廢人，反正 Berserker 一定會主動攻擊 Saber，也不需要召主發號施令。

如果真要徹底防患於未然的話，他應該還要想兩、三道計謀以迎接勝負尚在未定之天的對 Rider 之戰，但是 Archer 不喜歡他這麼做。這場戰爭不只是綺禮一個人的戰鬥，同時也是英雄王的鬥爭。綺禮認為既然鬥士希望正面一較高下的話，就應該尊重他的意見。關於這一點，言峰綺禮的意見可以說和那些把從靈當作道具驅策的魔術師有很大的不同。

再說綺禮原本就不打算動用任何一道令咒影響他與Archer之間的關係。那個男人個性唯我獨尊、我行我素。就算勉強他按照自己的意思去行動，說不定還會招致反效果。那名從靈不該當成棋子操控，而應該把他看作天候或是風向之類的環境因素加以「利用」才是最適當的方式。道理就和駕船一樣，船員雖然不能操縱風向，卻能改變張帆的方式自由控制船隻。

此時Archer就是因為討厭縮在陰暗潮溼的地下，跑到外頭去漫無目地地閒晃。綺禮也知道如果必要的時候，Archer會立刻趕回來，所以一點都不擔心。對於這位英雄王，綺禮把他當成利害關係一致的盟友，而不是自己手底下的使魔。

倒是從璃正那兒接收的令咒還有其他更有效的使用方法。雖然令咒是消耗品，但是對於身上沒有魔術刻印的綺禮來說，令咒可以支援他使用魔術，幫助非常大。現在的他就算與老練的魔術師作戰也有很大的勝算。

今晚應該會展開最後的從靈戰鬥，決定聖杯獎落誰家。旁觀立場的綺禮只要坐著等候時刻到來就好。身為召主，他應該關注的是從靈對戰之外的機謀戰——對綺禮來說，他真正的敵人其實是在這方面。

衛宮切嗣。到現在這個階段，如果還有什麼人可以成為綺禮的絆腳石推翻他的優勢，那就只有衛宮切嗣而已。

綺禮原本就一直期待能夠與他打照面。但是既然對手是一名徹頭徹尾的暗殺者，兩人就不可能依照綺禮希望的形式見面。如果想要營造出能夠與衛宮切嗣正面對決的狀況，就得時常主導戰局，維持先發制人的地位才行。如果被切嗣搶走主導權，到最後綺禮就會連個影子都看不到，被他從背後幹掉。這樣一點意義都沒有。

衛宮切嗣肯定不知道這個儲水槽的存在，要不然雨生龍之介應該老早就被除掉了。只要躲在這裡就不會受到切嗣的奇襲。現在就盡量消耗對手的耐心，讓他白忙一場。綺禮打算由自己來挑選對決的時間與場地。

打破切嗣所有算盡機先的預測，讓他不得不主動出現在守株待兔的綺禮面前——綺禮內心已經有了盤算，接下來只要等待夜晚降臨。

一聲痛苦的呻吟讓綺禮的目光移向昏暗的一個角落，Berserker綁來的艾因茲柏恩人偶就躺在那裡。綺禮不是隨隨便便把她放在那裡，而是製作一個簡單的魔法陣，讓周圍的魔力流進去。這裡雖然偏離地脈，但是因為Caster曾經在這裡肆意吞噬受害者的靈魂，所以到現在還有殘留的魔力積存。暫且不論這種魔力供應對她來說感覺如何，至少應該足以讓她的狀況穩定下來。

現在立刻切開她的肚子把『聖杯容器』拉出來當然亦無不可，但是綺禮自己還希望和這個女人談一談，才會這樣大費周章地提供魔力給她。

「妳聽得見嗎？女人。」

「…………」

伴隨著急促的呼吸，人造生命體睜開雙眼。

她空洞的視線飄移不定，視力顯然惡化了許多，不過似乎還是可以辨別宿敵的聲音。

「言峰……綺禮……原來，這都是你一手策劃的……」

「聖杯戰爭再過不久就會分出勝負。我可能會成為完成你們艾因茲柏恩家夙願的推手吧。」

雖然這種說法稱不上是自負的期待，不過就謹慎的推測來看，他說的話也算是理所當然的結果。

「妳的態度似乎還是很不合作，這麼不喜歡我嗎？」

「那當然……我要託付聖杯的人唯有一人……那個人絕對不是你，代行者。」

這個女人現在連開口說話都已經很困難，但是語調當中還是充滿厭惡。她的氣魄讓綺禮微微皺起眉頭。

「我不明白。妳只不過是個用來搬運容器的人偶，比起誰勝誰負，完成儀式應該才是妳最重要的目的。都到了這時候，為什麼還這麼執著於特定的召主？」

「是啊，你當然不明白……你這個連追求聖杯的願望都沒有的人……」

這段咬牙切齒的冷嘲熱諷又讓綺禮覺得不解——這個女人真的是人偶嗎？是什麼原因讓一個應該沒有靈魂的人造生命體模仿出如此真實的感情？

「言峰綺禮……你是一個連戰鬥意義都不知道的空虛男人。就憑你是絕對贏不了他的……你覺悟吧。我的騎士、我的丈夫絕對會殺了你……」

「……為什麼妳要談論我的事？」

更讓綺禮覺得疑惑的是這女人所說的話。這個人偶為什麼能這麼清楚地看穿他真正的內心，就連時臣、父親與妻子都不曾這麼深刻了解他。

「哼哼，覺得害怕嗎？好吧，我就告訴你……衛宮切嗣已經完全看穿你的本質了。所以他才會對你保持戒心，一直把你當成最難纏的敵人……做好心理準備吧，切嗣一定會比任何人都更加無情、更加凶猛地對你展開攻勢……」

原來如此——綺禮恍然大悟，點點頭。

他早就認為如果是切嗣的話就有可能……一定只有與自己同類的人才能了解自己。衛宮切嗣果然沒有背叛他的期待。雖然兩人從未謀面，但是切嗣已經對言峰綺禮下了最正確的評價。

「我很感謝妳，女人。這個消息對我來說是一大福音。衛宮切嗣這個男子果然就如

同我的想像一樣。」

但是綺禮得到的卻只有幾近無奈的失笑。

「……你這個男人真是蠢得無可救藥。你說你了解切嗣……呵呵，真是笑掉別人大牙了。你和切嗣根本就是天差地遠。」

「──妳說什麼？」

綺禮的語調下意識粗暴了起來，這句話讓他十分介意。

「沒錯，就算切嗣看透了你，你也絕對不可能瞭解切嗣……那是因為他內心的特質，言峰綺禮……你連一項都沒有。」

在嘲諷的話語繼續下去之前，綺禮已經一把抓住女人纖細的脖子。這個畫面正好重現之前在森林裡的死鬥，但是現在綺禮心中充斥的憤怒與迷惘卻遠非那時所能比。

「……我承認。我確實是一個空洞虛無的人，的確一無所有。」

他的說話語氣一開始沒什麼起伏，甚至可以說平坦地缺乏抑揚頓挫，到後來才漸露激動之色。

「但是我這種人和他有哪裡不一樣？在那麼漫長的時光裡不斷投身於毫無意義的戰鬥──那個從未在戰鬥裡學到一點教訓，只是不斷重複殺戮行為的男人和我有什麼不同！像那樣毫無規則、毫無意義的行為，如果他不是深陷迷途之人的話那又是什麼!?」

綺禮問道，使勁力氣質問道。

歷經所有可能想得到的考驗、經過一切所能求得的苦難，都只是為了苦苦追求遍尋不著的答案，苦惱不已的靈魂發出如同咆哮般的質問。

「說吧，人偶，如果有答案的話就告訴我。衛宮切嗣追求聖杯的目的是什麼？他寄託於許願機器的希望是什麼!?」

綺禮的手從人造生命體的喉嚨上放開，就像是準備迎接挑戰一般。他帶著無言的警告：允許妳呼吸，妳只有一次回答的機會。如果說出來的是一個半吊子的答案，這次一定會了結妳的性命。

但是女性人偶的臉上還是毫無懼色。她蹲在綺禮的腳邊，一邊虛弱地咳嗽一邊努力呼吸空氣的可憐模樣，看起來就像是瀕死的動物一般。但是她的目光還是狠狠瞪著綺禮，片刻不移，眼神中帶著類似勝利者的嘲弄與高高在上的優越感。

她的神情好像在說，其實言峰綺禮才是落於下風的屈服之人。

「好啊，我就告訴你——衛宮切嗣的悲願就是拯救人類，徹底根絕所有戰爭與流血，永久的世界和平。」

一開始，綺禮只把這番話當成一個惡劣的玩笑，過了幾秒鐘才失笑出聲。

「——那是什麼意思？」

「你當然不會明白。信念的有無就是你和他不一樣的地方。」

綺禮甚至開始懷疑這個女人口中所說的人真的和他所知道的衛宮切嗣是同一人嗎？在這具人偶面前，衛宮切嗣究竟表現出什麼樣的性格？

「……女人，對衛宮切嗣來說妳究竟是什麼？」

「我以他妻子的身分生下他的孩子。在九年的時光當中，我一直守護著他的心，看著他煩惱……和你這個從未與他見過面的人可不一樣。」

九年的時光。在這段期間的生活，衛宮切嗣說不定一直灌輸她欺瞞的謊言，不過綺禮的直覺認為這是不可能的。在這女人的自我深處確實深信著衛宮切嗣，綺禮不認為以不實的謊言為基礎能夠形成如此堅定的人格，因為這個女人原本只不過是一具人偶罷了。

綺禮憤怒的焦點開始從眼前的女人身上轉移。他嘆了一口氣，難掩憂鬱，坐在身邊的椅子上。

「愛莉斯菲爾．馮．艾因茲柏恩。妳在這九年的歲月當中一直扮演著賢慧妻子的角色嗎？妳獲得衛宮切嗣的愛情了嗎？」

「……你管這些做什麼？」

「因為我不了解你們的羈絆——妳把切嗣當作丈夫看待，以他為傲、相信他，就像

是真正的夫妻似的。但是如果衛宮切嗣是一個追求聖杯的男人，妳應該只是他達成夙願的道具而已，他根本沒道理對妳付出不必要的愛情。」

「……如果你膽敢嘲笑他愚蠢的話，我絕不原諒你。」

這句話堅定非常。只有當一個人賭上自己的堅持時才會有這麼決絕的語氣。

「……我無父無母，也不是因為愛情而誕生的生命，所以我無從得知什麼樣的人才是『好妻子』。但是……對我來說，從他身上得到的愛就是我的全部。唯有這份感情絕不容任何人侵犯。」

「那麼想必妳一定是一個完美無瑕的妻子吧，愛莉斯菲爾。」

綺禮這麼說道。這並非讚美，也不是諷刺。他的語氣就好像宣告一件與自己無關的判決結果一樣。

「但是正因如此，我才不了解切嗣的想法。既然他這麼愛妳這個妻子，又為何……什麼永久的世界和平？為什麼他能夠為了這種一點意義都沒有的理想犧牲所愛之人？」

「……這個問題真是奇怪。像你這樣連自己都自承不諱的無意義之人……竟然還嘲笑別人沒有意義？」

「如果是一個思路清晰的成人，論誰都會嘲笑他。」

此時綺禮心中又逐漸升起一股與剛才完全不同的怒意。

「鬥爭是人類的本性，根絕鬥爭就等於是根絕人類。這不是沒有意義是什麼？衛宮切嗣的理想根本不算是一種理想，簡直就是小孩子的戲言！」

「……所以他最後才會只能依賴奇蹟啊……」

愛莉斯菲爾達觀地放低聲音，輕聲說道。

「他為了自己追求的理想，至今已經失去了一切……為了拯救無法挽救事物的矛盾讓他不斷受到懲罰、不斷喪失……就連我也是其中一人。在這之前，他一直被迫做出決定，捨棄自己所愛之人……」

綺禮一邊從椅子上起身，一邊用深邃無盡的昏暗眼神凝視著愛莉斯菲爾。

「妳的意思是說這種行為不是只有單單這一次——而是那個人的生命意義嗎？」

「沒錯。做為一個追夢之人，切嗣實在太過善良了。就連一個明知總有一天將會失去的人，他都忍不住奉獻自己的愛……」

對綺禮來說，這段問答已經足夠了。他已經對坐在眼前的人造生命體完全喪失興趣。

「……我明白了。」

堅硬強韌的手指抵在女人的後頸，阻斷她的血流。

綺禮一邊輕鬆消滅對方虛弱無比的意識，一邊沉聲說道：

「我完全明白了，那就是衛宮切嗣嗎？」

心靈空虛的代行者把無力抵抗的昏厥女子就這麼放置不管，目光凝望著黑暗的半空中。

到頭來綺禮從一開始就完全誤會了——疑問有了合理的解釋，而期待終成泡影。

衛宮切嗣並不是在無意義的行為當中跌跌撞撞找到答案的。

那個男人只是一再地把寶貴的物事歸於虛無而已。

他並不是沒有願望，而是因為抱持著不可能實現的願望才會墜入虛無的循環。這種徒勞、這種浪費實在愚蠢地讓人難以想像。

切嗣可能確實看穿了言峰綺禮內心的空洞，或許也對綺禮的空虛感到恐懼與警戒。但是他絕對想不到內心懷抱著這份空虛代表什麼意義，也絕對無法體會綺禮心中那種幾近於瘋狂的渴望。

一再重複捨棄。用這麼一句話就可以道盡衛宮切嗣的人生。

那個男人至今放棄了許多喜樂與幸福。就綺禮來看，就算是當中最細碎的片段都具有值得拚命守護、為之奉獻生命的價值。

對於一個連這樣一小塊碎片都找不到而迷離世道的男人來說，切嗣的生命意義早就已經超越憧憬與希望了。

綺禮那種無以療癒的飢渴、無以填補的失落被人這樣瞧不起，這樣戲弄——這叫他怎麼能原諒？怎麼能不恨呢？

從內心深處湧起的昏黑情緒，讓綺禮的表情扭曲成為微笑的模樣。

他終於得到戰鬥的意義了。

他已經對聖杯沒了興趣，也不想理會什麼成就願望。這樣也無所謂。

就算聖杯對自己來說連糞土都不如——如果能在一個將所有希望都寄託於這項奇蹟的男人面前打碎它的話，聖杯就有出手一奪的價值。

激昂的感情讓綺禮的手臂顫動。強烈的激昂感燒灼著他的胸口，讓他忍不住想要拔出身上所有黑鍵，將放眼所及的一切全都刺穿。

言峰綺禮在充滿血腥味的黑暗中縱聲大笑，這是他這幾年來久未有過的靈魂躍動。

-04：16：49

韋伯睜開眼睛，從無夢的深沉睡眠中醒來。

一張開眼，觸目所及的外界與睡眠的時候一樣黑暗無光。早上他就寢的雜樹林現在已經沉浸在星光都無法到達的昏暗之中。

夜晚再次降臨。對於帶領從靈的人來說，現在是他們不得不面對的戰鬥時刻。

雖然夜晚寒冷的空氣如殺氣般凜冽，但是韋伯卻不感到害怕。因為他感覺身邊有一股沉穩、不動如山的氣息，將這種不安與恐懼全部驅散。

現出實體的Rider已經身著戰袍，準備就緒，正在安安靜靜地閱讀荷馬詩集。

讓韋伯感到沉重而厭煩的精裝本書籍在征服王的巨靈雙掌中看起來又小又薄，讓人覺得相當渺小。巨漢就這麼浸淫在文字的小小世界裡，彷彿就連翻動一張書頁的動作、手指翻書的觸感都讓他覺得雀躍且憐惜不已。

他還真愛看呢。韋伯幾乎就要露出無奈的苦笑。如果現在突然問他『為什麼想要得到肉體』的話，他說不定會把征服世界的野心全都拋到九霄雲外，回答說『如果沒有手指的話就不能看荷馬了』。這個男子就是這樣的人，對他來說，稱霸世界的野心與

平常一般日常生活的欲望相同，就像他喜歡埋首於英雄故事、大啖美食瓊漿的興趣一樣。他這種異樣豪邁的氣度吸引了許多豪傑好漢，還曾經試圖窮究這個世界的盡頭。

人類的歷史上竟然曾經出現過這樣一名男子。

「──嗯？喔，你醒啦，小子。」

雖然已經看了不曉得幾遍，但是阿基里斯的冒險似乎還是讓Rider很著迷，他就像是個玩心盎然的孩子一樣，笑咪咪地看著韋伯。對於任何人，他都會露出這種笑容吧。不管是以前和他生死與共的英雄好漢或是像韋伯這種沒出息的契約對象。

「……我說過天一黑就叫我起床，你到底在做什麼啊？」

「啊～抱歉抱歉。讀得太專心，一個不小心就忘了。但是朕覺得今天晚上不要像平常那樣匆匆忙忙的，慢慢從容準備比較好。」

「為什麼？」

聽到韋伯回嘴一問，巨漢好像現在才要開始想理由，側著腦袋抓抓下巴。

「……嗯～也沒為什麼。雖然沒有什麼根據，但是朕有預感，一切事情可能在今天晚上就會有個了結。」

Rider若無其事地這麼說道。

韋伯也只是微微點頭，沒有問Rider理由。雖然無法說出個所以然，但是他也切

身感受到聖杯戰爭已經進入最後的高潮。

沒錯，如果真要形容的話——夜晚的氣息太寧靜了。

就韋伯所知，已經淘汰出局的競爭對手只有 Rider 親手消滅的 Assassin，以及在未遠川被打倒的 Caster 兩人而已。但是在他不知道的地方，戰局應該也正在推移、演變。

連續幾個日夜，他一直在這座城市感受到一股怪異的氣息。他感覺這股氣息似乎完全改變，從混沌不清的混亂轉變為沉重的緊繃感。

其中一個讓他有這種感覺的原因是昨天晚上與 Saber 對戰時，她焦躁的模樣。艾因茲柏恩陣營是否也正陷入什麼危急的情況嗎？

所以韋伯無法質疑 Rider 的直覺。征服王經歷過大小無數場陣仗，指揮過千軍萬馬，他的第六感應該也比韋伯這種門外漢來得更可靠。

艾梅羅伊爵士……他的講師肯尼斯還活著嗎——韋伯的心情有些感傷，就連以前當作仇敵恨得牙癢癢的人是生是死，現在都讓他覺得有些在意。

韋伯已經親身體會到與英靈一同上戰場是一件多麼超乎想像的危險行為。這就是聖杯戰爭，就算是被人當成天才吹捧的人都無法光憑魔術師的常識應付一切。一想到肯尼斯和自己一樣身陷困境，感覺當然是很痛快，但是另一方面也不禁為他感到同

情。無論關係是好是壞，在其餘六名召主當中，只有肯尼斯是與韋伯有關的人。

對一個見了面只能兵刃相向的人，自己竟然還有這種溫吞的感慨。韋伯重新實際感受到自己心境上的變化。

——沒錯。不管有什麼樣的預感，對他來說，聖杯戰爭已經等於結束了。

當他張開口正要嘆氣的時候，一股輕微但是清楚的衝擊驅散他剛起床的倦意。

「什——剛才那是什麼？」

「這股魔力波動真是奇怪，以前也曾經發生過類似的波動。」

Rider 這麼一說讓韋伯回憶起來，這是聖堂教會召集召主時使用的狼煙，這感覺和那時候一模一樣。

無論如何，韋伯匆匆忙忙走出雜木林，來到看得到天空的地方一望，東北方果然有魔力的光芒正在閃爍，而且色彩比上次還要鮮明。

「那個模式是……」

「什麼？那是某種暗號嗎？」

韋伯一臉迷惑，點頭回應 Rider 的問題。

「顏色不一樣的光……四和七……那是『Emperor（達成）』與『Chariot（勝利）』吧。打出那種狼煙就表示……那該不會代表聖杯戰爭已經分出勝負了吧？」

韋伯的解讀讓Rider皺起眉頭。

「那是什麼意思。朕還在這裡，你說有誰能撇下朕奪走勝利。」

的確很奇怪。聖杯戰爭應該是要讓敵方從靈與召主全數淘汰出局才能分出勝負才對。既然現在Rider和韋伯還平安無事地站在這裡，勝利宣言怎麼可能算數。

「……而且那裡和冬木教會的方向完全不一樣啊。太奇怪了，那股狼煙可能不是聖堂教會的人放出來的也說不定。」

「啊啊，什麼嘛。如果是這樣的話，朕就明白了。」

韋伯才剛開口說出疑慮，Rider便立刻冷哼一聲，頷首說道。

「什、什麼意思啦？」

「簡單地說，就是有哪個沒耐心的傢伙正在高唱凱歌。那是一種挑釁，告訴其他人『如果有意見的話就來找我吧』。也就是說那個人已經決定好在哪裡決勝負，正在找對手呢。」

Rider似乎覺得頗為滿意，帶著勇猛的笑容，眼光直射在夜空中閃耀的狼煙。

「很好很好，這樣就省下麻煩，不用到處找人了。沒有一個從靈受到那樣的挑釁還能默不作聲，現在還活著的人全都會聚集到發射狼煙的地點吧——哼哼，就如朕預料，看來今晚果然是決戰的最高潮。」

征服王壯碩的高大身軀因為喜悅般的鬥志而顫抖。

韋伯用冷漠的眼神看著英靈威猛的身影，好像在看著某種遙遠不可及的物事一樣。

「是嗎？這一場就是——最後了。」

「沒錯。好，既然知道出征的戰場在哪裡，朕也要以不負『騎兵』職別之名的方式趕赴戰地才行。」

Rider拔出袞普歐提斯之劍，劍尖高舉指天。

「朕的坐騎啊，出來吧！」

伴隨著一聲呼喚而切開的虛空當中，有一道光芒撕裂空間迸射出來。那匹韋伯也曾經看過一次的英挺駿馬帶著英靈之證的光輝一躍而出，來到黑夜之下。

長角的英靈神駒布賽法拉斯，過去曾經載著征服王蹂躪東方世界的傳說鐵蹄。現在再次穿越時空來到「盟友」身邊的她發出嘶鳴，蹬踏著柏油路面，好像在尋找下一個戰場。

如果把伊斯坎達爾的最終祕招『王之軍勢』(Ionian Hetairoi)的戰士一次全部叫來的話，就必須張開固有結界以避免來自世界的干涉，但是如果像未遠川擔任傳令兵的米瑟利涅斯那樣，只召喚出單獨一個人的話，就算是在一般空間裡也還在可容許的範圍之內。Rider現在已經失去『神威的車輪』，如果想要發揮自我職別的本領，坐在「她」的背上的確

是最好的位置。

「來吧，小子。雖然坐起來不像戰車的駕駛座那樣平穩，不過只能忍一忍了。快上來吧。」

Rider在馬背上往後挪一挪，騰出韋伯坐得下的空間對他說道。但是韋伯只是露出冷漠的苦笑，搖了搖頭。

只有英雄才配坐在那匹舉世無雙的駿馬背上。那裡絕對不是卑賤渺小之人所能跨足的地方。

就好比像一個連催眠術這種基礎中的基礎都會出錯的無能魔術師——

一個連自己有幾兩重都不知道，只會阻礙王者前進霸道之腳步的小丑——

現在征服王伊斯坎達爾正要前進的光榮之路絕對不能被別人踩髒。

韋伯很清楚。Rider昨天晚上本來決定挑戰Saber，但是身為召主的自己卻在最後重要關頭讓他的決心化為烏有。那時候如果Rider打定主意，賭上命運面對『應許勝利之劍』的光華，或許還可以在千鈞一髮之際贏過Saber的寶具，讓神牛的雷蹄踏在騎士王的身上。因為韋伯也同在駕駛座上，所以Rider才不得不放棄那種生死一瞬間的勝負。為了保護身旁的小丑，Rider不得不在最後一刻跳下戰車。這也是當然的，他不能犧牲讓自己現世的契約對象。那時候決定Saber與Rider勝負的關鍵就是有沒有

召主在身邊扯後腿。

之前韋伯・費爾維特也曾經有一段時間相當自鳴得意，認為自己才有足夠的器量成為勝利者。

但是現在已經不同了。經過這十多天的時間，在他親眼見識到何謂真正的英雄之後，現在他已經知道自己有多麼無能且微不足道。

失敗者也有失敗者自己的骨氣。就算那道不凡的身影永遠遙不可及，假如至少能在背後看著他，不要玷汙他的尊貴的話──

「我的從靈啊，韋伯・費爾維特以令咒命令你。」

少年舉起右手的拳頭，露出保存到現在還沒使用過的令咒。那就是束縛住眼前這位英靈的枷鎖，阻絕他霸王之路的最大障礙。

「Rider，你一定要贏得最後的勝利！」

這不是什麼強制，只不過是理所當然的課題罷了，所以韋伯才會發出這種命令。

他看著第一道令咒發出契約魔力之後消失，心情反而很平靜。

「接著我以第二道令咒命令你──Rider，你一定要拿到聖杯！」

第二道令咒也跟著消失。令咒的光芒讓韋伯覺得有一點心痛，現在還來得及改變心意的無用迷惘浮上心頭──這種猶豫實在愚不可及，根本不值一哂。

「我再以令咒命令你。」

堅定地舉著最後一道令咒，雙眼直視坐在馬匹上的王者。韋伯希望至少在這時候能夠鼓起勇氣好好面對他，因為這是韋伯身為召主最後還保留的一點尊嚴。

「Rider，你一定要掌握全世界。絕對不准你失敗。」

三道聖痕連續解放，釋出奇蹟的魔力產生幾道旋風之後消逝得無影無蹤。韋伯身為一名魔術師，這一輩子大概沒有第二次機會可以使用這麼龐大的魔力了，但他還是有生以來第一次打從心底對自己的行為感到痛快。他當然不會後悔，做為失去一切的代價，這份大禮已經非常足夠了。

韋伯低頭看著自己的手，刻劃在手上的契約之證已經完全消失不見。

「……好了，這下我已經不再是你的召主……什麼也不是了。」

韋伯低垂著頭吐出這句話。他也不想知道現在Rider是用什麼表情在看自己，或許是對放棄戰鬥的膽小鬼大搖其頭，也有可能因為擺脫無能的主子而露出安心的笑容。不管是哪一種表情他都不想看到。如果可以的話，他甚至希望Rider最好連兩人曾經見過面的事都忘得一乾二淨。

「你快去吧，隨便你要去哪裡。你……已經……」

韋伯聽見Rider平淡地應了一聲。

接著就會聽見馬蹄踩踏大地，逐漸遠離的蹄聲——正當韋伯這麼想的時候，他的頸子忽然被人隨手一抓拎了起來。下一秒鐘，他就被輕輕地帶到布賽法拉斯的背上。

「朕當然立刻就會出征——不過你既然囉哩叭嗦地下了一大堆命令，當然也已經做好心理準備要見證到最後了吧？直到朕把所有命令全都完成為止。」

「笨、笨、笨蛋笨蛋笨蛋！你、你這……喂、喂……！」

自己的意志竟然輕而易舉就被推翻，韋伯狼狽地連嗓音都變了。布賽法拉斯也發出沉重的鼻息，好像在嘲笑他那副慌慌張張的模樣。明明只是一頭四腳畜生，竟然連笑起來都和騎手這麼像。韋伯想到這裡，一股連他自己都不知所以然的激昂情緒讓他大吼大叫了起來。

「我可沒有令咒喔！我已經不做召主啦！為什麼你還要帶我去!?我——」

「就算你不是召主，也還是朕的朋友啊。」

Rider臉上溫吞的笑容和平常一樣。當韋伯知道Rider這句話不是對別人，就是說給自己聽的時候，在他內心深處最堅固的部分崩潰了——雖然他一直小心翼翼地守護著，但是崩潰的時候卻只在短短一瞬間。

一口氣溢出的淚水實在太多，眼淚流到鼻子下方的時候又和鼻水混雜在一起，弄得整張臉一蹋糊塗，就連好好呼吸都沒辦法，更別提想要開口說話了。但他還是忍不

住一邊哽咽一邊問道：

「……我、像我這樣的人……真的可以嗎……我……可以站在你身邊嗎……」

「傻小子，你和朕都已經一起經歷過那麼多場戰鬥了，到現在還說這什麼傻話。」

征服王不在乎少年已經哭到上氣不接下氣，就好像是當成酒席上聽到醉言醉語般，一邊笑著說，一邊拍拍少年細瘦的肩膀。

「你不是曾經與朕共同力抗強敵嗎？那麼你就是朋友啦。你應該要抬頭挺胸，堂堂正正與朕並肩同行啊。」

「……」

韋伯忘了自嘲。他已經把過去的折辱、對未來的不安、此時此刻即將面對死亡的恐懼全都拋到腦後去。

唯有「征服勝利」的堅定認知，在他空蕩蕩的心中深深扎下了根。

韋伯現在正與王者同在，沒有敗北，也沒有屈辱。如果能夠相信王者的霸主之路，走在這條大道上的話，無論這雙腳再怎麼軟弱無力，終有一天一定會到達世界的盡頭——韋伯現在對此深信不疑。

「那麼就來實現第一道令咒的命令吧。小子，你可要擦亮眼睛好好看清楚喔。」

「……好，實現我的命令吧。就在我的面前！」

傳說中的名駒發出如同勝利吶喊的嘶鳴聲。為了將這對同氣連心的霸王與魔術師送到決戰之地，開始放開四蹄飛奔。

狼煙指出的命運之地是在未遠川的對岸，冬木排名第四位的靈脈之地。

-04：10：33

冬木市民會館——

投注於這棟建築設施的總經費高達八十多億日圓，與站前中央大廈一起堪稱為冬木新都開發計畫的兩大象徵。

占地六千六百平方公尺，建地面積四千七百平方公尺，是一棟地上四層、地下一層的鋼筋混凝土建築物。雙層式的演奏廳能夠容納一千三百多人。由知名建築師設計的嶄新意象與其說是近代的公民會館，倒更有一種類似古代神殿建築的風格。從這壯麗的規模可以看出冬木市對於開發新都投下多少心力。

目前只有外裝已經完成，內部裝潢現在正加緊趕工以因應落成儀式的到來，不過正式啟用還是更久之後的事。除了最低限度必需的防災設施之外，就連配電設備都還沒裝設，只要深夜時分工人們都離開之後，建築物的清潔與壯闊更突顯出空無一人的靜謐感，形成一種帶著異樣非現實感的空間。

市政府的建築計畫當然不會考慮到魔術相關的要素，之所以把冬木之地最新的靈脈要點選為市民會館的建設預定地，單純只是因為巧合而已——不過如果換個角度來

看，或許就是這個地方的靈質特異性造成這種稀有的巧合也說不定。

言峰綺禮站在屋頂上，帶著冷靜的表情仰望自己發射的魔術信號在夜風中揚起煙塵。

這棟建築物連像樣的警備措施都沒有，想要進入只要打破門鎖就可以了。儀式的事前準備與迎擊敵人的前置作業都已經順利完成，接下來只要坐等被狼煙引來的殘存敵人出現而已。

他在戰鬥之前從未顯露出自己的感情。代行者面對流血的預感，心中不會感到凶殘的亢奮感；也不用談天說笑以緩和緊張的神經。他們受到制約，徹底鍛鍊為神意的道具，只會帶著為所當為的平常心前赴死地。這種經年累月的鑽研讓綺禮此時擺出一副有如臨床醫師般的冷靜與冷漠表情。

但是──

「哼，綺禮。你今晚的表情和平常不同，看起來特別興奮啊。」

Archer 踩著悠然的腳步聲，出現在屋頂上。他的揶揄讓綺禮內心為之苦笑。

在這名洞燭一切的英靈眼中，綺禮這張看起來應該與平常無異的撲克臉究竟是什麼模樣呢？就連他本人都沒有察覺的細微感情也逃不過 Archer 的鷹眼。

一開始綺禮還覺得很訝異，不過現在他已經習慣了。是嗎？原來我很興奮嗎──

在他心中只有這種好像事不關己的想法而已。

英雄王似乎剛剛才從夜晚的街上回來，身上還穿著平時那套豪奢輕浮的衣裳。在他鮮紅豔麗的雙眸當中只有享樂後的餘韻殘留，仍然看不出有決戰之前的緊繃感。這名英靈的表裡如一，不會有什麼差別。看來對他來說，決定聖杯擁有者的最終決戰似乎也只是一種遊樂而已。

「好了，該怎麼辦，綺禮？本王只要在這裡等就夠了嗎？」

對 Archer 來說，召主的一道命令就會影響他對召主的評價。綺禮深知此事，謹慎思考之後搖頭說道：

「在聖杯附近解放你的力量可能會危及到儀式本身。如果想要好好大戰一場的話，還是讓你出去迎擊敵人吧。」

「嗯，好吧。但是如果本王不在的時候，這裡受到攻擊的話，你打算怎麼應對？」

「我會讓 Berserker 去阻擋敵人，趁這段時間把你叫回來。那時候就需要藉助令咒的力量，可以嗎？」

「准。但是本王可不保證聖杯的安全哪。今晚本王要全力以赴，可能會把這棟窄得讓人透不過氣的陋室震翻也說不定。」

「雖然這是最糟的狀況，不過如果真的變成那樣，也算是命中註定吧。」

看到綺禮很乾脆地點頭，Archer 微微瞇起雙眼。

「綺禮，看樣子對於戰鬥的意義你似乎已經找到答案了。到現在你還是沒有願望想拜託聖杯實現嗎？難道就算掌握奇蹟在手，你也一無所求？」

「嗯，那又如何？」

「雖然還沒完成，不過你已經得到『容器』了。現在聖杯也許會接受『事前預約』喔。」

「……哼，原來如此。如果真的可以事前預約的話，意思就是說聖杯降臨的同時，奇蹟就會立刻實現是嗎？」

綺禮不太感興趣地嘆口氣，想了一想之後還是搖頭否認。

「我還是想不到有什麼願望。如果真要說的話——大概就是希望這最後一場戰鬥不要有人干擾而已吧。雖然現在說這些沒什麼意義，不過這一帶附近都是民家，如果可以的話，我希望能在完全沒有人的地方心無罣礙地一決勝負。」

綺禮枯燥無味的回答讓基爾加梅休無奈地冷哼一聲。

「真是，看來隱藏在你心中的事物只能由聖杯自己去感覺了。」

結果這兩個人雖然比任何人都還要接近聖杯，卻比任何人都不在乎聖杯。對他們兩人來說，最重要的意義不是得到聖杯，而是消滅向聖杯聚集過來的人們。

「——對了，還有一件事。如果在本王回來之前 Saber 先出現的話——」

離去之際，英雄王似乎想起什麼有趣的事情，又停下腳步。

「到時候就讓她先和 Berserker 玩一陣子吧。本王就是為了這件事才讓那頭狂犬活到今天的。」

「我知道了。」

綺禮還是不明白 Archer 為什麼這麼執著於 Saber。但是原本 Archer 在第一場戰鬥中誓言殺無赦的 Berserker 在經由雁夜查出真名之後，英雄王便改變心意，允許 Berserker 繼續活著。根據他的說法，他認為讓那頭狂犬去咬 Saber 也算是一種趣味。凡事只要與 Saber 有關，就連自己的憤怒都能隱忍。看來對基爾加梅修來說，他對騎士王的關心似乎具有相當的分量。

「說到 Saber……綺禮，那個 Saber 一直拚命守護的人偶怎麼了？本王聽說聖杯的容器似乎在那個人偶的體內。」

「啊啊，你說那個嗎？」

綺禮已經把那個人偶的存在完全忘了，甚至沒有把她提出來談。現在他對那個女人已經沒了興趣，甚至找不到任何必要性去回想她的名字。

「我剛才已經把她殺掉了，因為已經沒有必要讓她活下去。」

××

愛莉斯菲爾張開眼睛，環顧四周。

真是奇怪的感覺。雖然意識異常清楚，但是思考十分混亂，缺乏脈絡。混濁而失去意義的好像不是她自己的精神，而是她身處的世界。

許許多多的風景在她眼前快速閃過消逝。愛莉斯菲爾看著這一切，一陣讓人難以忍受的悲哀與失落感不知為何突然湧上心頭。

印入眼簾的光景全部都與幸福快樂無緣。這些如同萬花筒般雜亂無章的景象只有一個共通點。

那就是它們都有哀慟、屈辱、遺恨、怨懟與喪失。

流血與焦土；背叛與報復。付出許多卻一無所獲，一連串代價極高的徒勞行為。

她所熟悉的白雪景色不斷重複循環。這是一個將自己所有一切全都封鎖在一座寒冬之城的族系的故事。

看到這裡，愛莉斯菲爾才終於想到——剛剛她俯瞰的是艾因茲柏恩家為期千年的聖杯探索旅程。

初始是羽斯緹薩，接著是許多以她為模具而誕生在世上的人偶少女……人工生命

體，虛假的生命。

藉由煉金祕術所創造的人形消耗品為了成就遙遠而模糊的悲願，一個接著一個出生降世，然後一個接著一個耗損廢棄。

艾因茲柏恩以她們的鮮血與淚水為墨，以碎裂的白骨與冰冷的手指為筆，不斷撰寫著失意與迷惘的歷史。這份悲哀與絕望緊緊地揪住愛莉斯菲爾的心。

如果這個地方可以看見這種景象，那麼這裡一定是所有紛爭的焦點，長久以來見證所有一切的物事當中。

然後愛莉斯菲爾終於明白了。她知道自己現在正在窺看聖杯的內部。

這是將初代羽斯緹薩收藏在內部深處的圓藏山大聖杯。因為所有人工生命體都是以『冬之聖女』為基礎的共同規格品，所以**她們**才會擁有並且同受一樣的痛苦。

——不，真的是這樣嗎？

「妳為什麼哭呢？媽媽。」

猛然回神，愛莉斯菲爾已經身處在那讓她懷念不已，點著壁爐的溫暖幼兒房裡。

風雪在窗外凍結。稚嫩的兩隻小手似乎在尋求母親的保護，抓著母親的上臂。暴風雪的呼嘯聲似乎讓她非常不安。

「媽媽，伊莉雅做了一場惡夢，夢到變成一個大杯子。」

伊莉雅雖然害怕，但是她朱紅色的雙眸還是蘊含無限的信賴，看著愛莉斯菲爾。雖然她長得與母親以及母親的姐妹們如出一轍，但不知為何，愛莉斯菲爾覺得唯獨這孩子比其他人還要惹人憐愛。

「有七個好大的固體進入伊莉雅的身體裡，伊莉雅都快要爆開了。雖然害怕，但是又逃不掉。這時候伊莉雅聽到羽斯緹薩大人的聲音喔，頭上有一個好大的黑黑的洞……」

伊莉雅童言童語地說道。愛莉斯菲爾緊緊抱住女兒的肩膀，用她被淚水沾溼的臉頰在女兒銀白色的瀏海上輕輕摩娑。

「沒事，沒事的……我不會讓這件事發生，妳絕對不會看到**那個東西**的，伊莉雅。」

在為數眾多的姐妹當中，只有愛莉斯菲爾才擁有這種悲哀的深切期望，其他人都無法了解——這就是「母愛」。

歷代的人工生命體當中，她是第一位由自己的子宮產下子嗣的人。在諸多同族當中，唯有她被賦予了關懷自己孩子的心，也只有她才會對自己肩負的使命感到悲哀。

伊莉雅斯菲爾・馮・艾因茲柏恩被用來當作下一具聖杯的容器，這孩子同樣也是被一千年的妄執所牽連的齒輪零件。

沒錯，這道連鎖永遠不會結束，直到總有一天由某個人畫下休止符為止。

第三魔法，天之杯（heaven's feel）──只有成就天之杯才是唯一的救贖。

眾多的聲音就快要把愛莉斯菲爾壓碎了。與她相同的無數姐妹們唱道：

拿到聖杯──

請一定要拿到聖杯──

在森林深處有一處人工生命體的廢棄場。同胞們的屍首堆積成山，同聲祈願。每一張爬滿蛆蟲的臉龐都與年幼伊莉雅的小臉重疊在一起，用令人痛徹心扉的聲音哀求道。

「沒事的──」

母親心中盈滿讓人幾近狂亂的愛情，擁抱自己的女兒。

「伊莉雅，妳一定可以擺脫命運的枷鎖。因為我會完成一切，妳的父親一定會實現我們的願望……」

這時候，突然有一個問題在她的腦海裡閃過。

如果這是聖杯讓她看到的夢境──如果「容器」已經成型到可以這麼清楚地看見內部的話──那麼身為外殼的自己究竟怎麼了。

如果要比喻的話，這就好比像是蛋殼在看著蛋內雛鳥的內臟一樣。

假使真是這樣的話，那就產生一個很大的矛盾。雛鳥孵化的時候，蛋殼應該會粉

碎才對。

那麼——現在正在做夢的自己又是誰？

愛莉斯菲爾清楚感受到伊莉雅嬌小的身軀正被自己抱在懷裡，同時一邊仔細看著自己擁抱女兒的雙手。

如果雛鳥把碎裂的蛋殼、把已經消失的愛莉斯菲爾吞吃掉的話——

抬頭一看，窗外已經沒有任何風雪了。原本以為是黑夜的景象其實是流動的濃稠黑泥。

她不感到恐懼，也不覺得驚訝，只是看著窗外的景象，心中已有了平靜的領悟。

黑泥從房間的四個角落滲漏進來，由壁爐的煙囪滴落，輕柔緩慢地裹住她的腳下。

沒錯，自己是誰根本不重要。

直到剛才，自己什麼也不是。而且此時她也只是把一個名為愛莉斯菲爾，已經消逝的女性人格當作面具戴在臉上的**某個人**而已。

可是就算她誰都不是，現在她心中感受到的「愛莉斯菲爾的願望」卻是千真萬確。那名母親臨死之前還想著愛女，祈求女兒能獲得美好的未來。而她已經完完整整地繼承了愛莉斯菲爾的祈願。

對，她是成就願望者。

她還記得人們對她寄予期待，創造了她。並且將她奉為神靈，希望她實現人們的願望。

「——沒錯，不要緊的，伊莉雅斯菲爾。結局馬上就要到來了。」

她在第一次抱在懷中的幼子耳邊輕柔地低聲說道。

「所以我們在這裡再等一會兒吧。爸爸一定會來的，為了實現我們所有人的願望……」

灼熱的黑泥爬滿女子全身，將她的長裙洋裝優雅地染成一片漆黑。

身披黑暗的女子嫣然一笑，期待成就之時的到來。

來吧，將一切悲哀收割下來；將一切煩愁收割下來。

再過不久，她——詛咒一切、成就一切的許願機就會得到足以完成所有願望的力量。

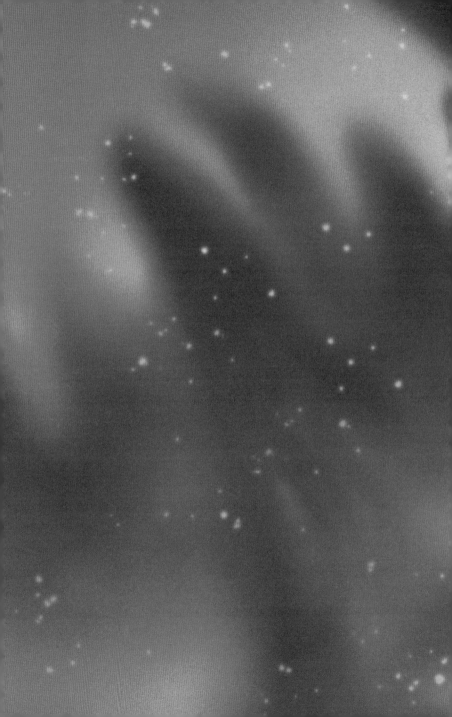

ACT.16

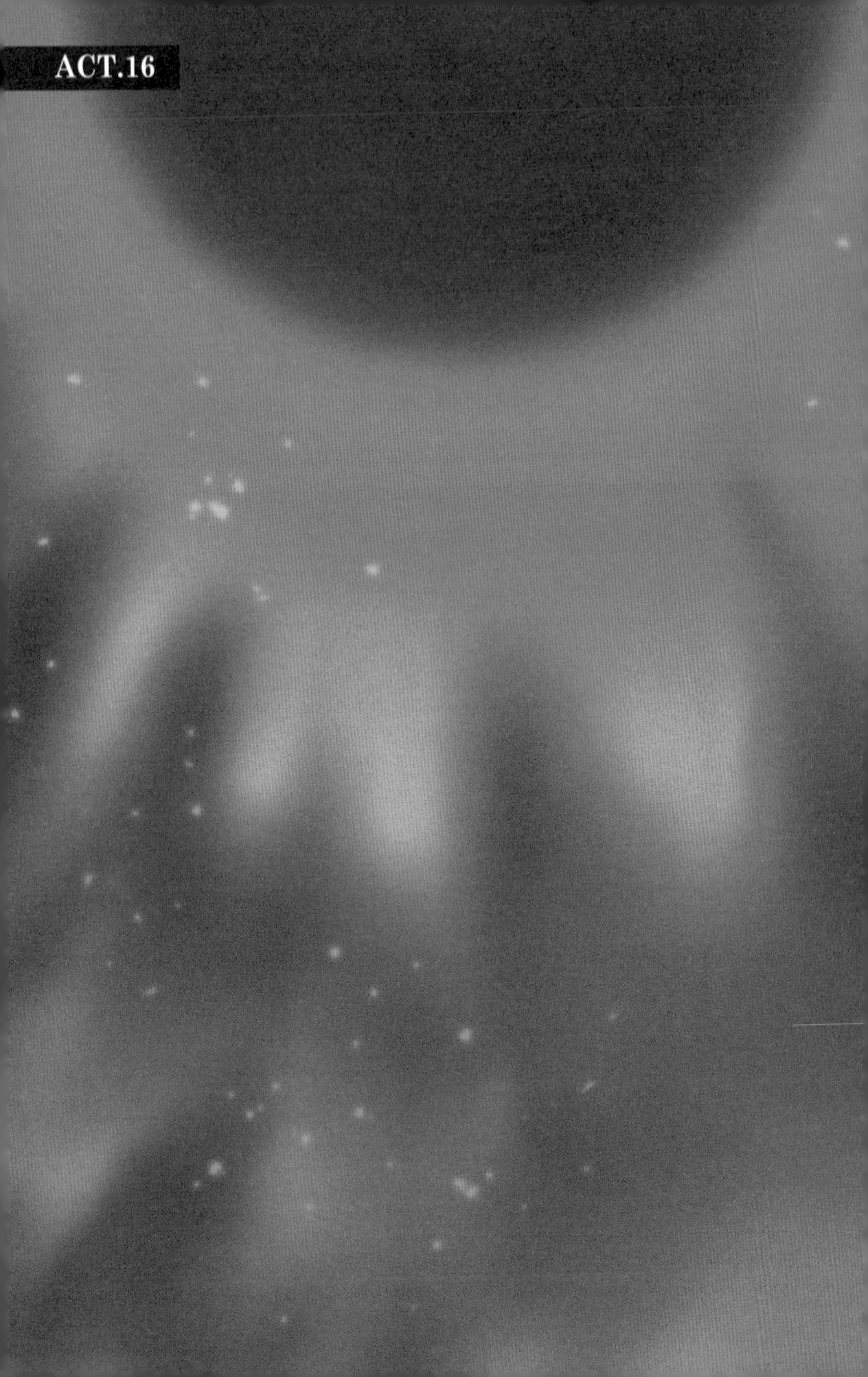

-04:08:29

午夜兩點——

已沉眠的街道比平時更加寂靜。接連不斷的事件似乎讓喜歡熬夜的居民嚇破了膽，這幾天眾人都遵守夜晚盡量不要外出的呼籲，乖乖待在家裡。就連道路上都不見車影，只有街燈白慘慘的燈光照亮冬天寒氣中的冰冷柏油路面。

完全沒有人類活動的城鎮，讓人感覺彷彿置身於放大到等身尺寸的玩具布景。如果把常人無法理解的場所稱之為「異界」，今晚的冬木市確實符合這種稱呼。

在如此異樣的光景中，有一匹駿馬肆無忌憚地在路上奔馳，韋伯正乘坐在上下起伏的馬背上趕赴死地。征服王寬大厚實的胸膛就近在身後，韋伯甚至可以感覺到征服王的心跳鼓動。

如果韋伯還能看到明天的太陽，他可能一輩子都忘不了這份讓人神經緊繃的深沉激揚感。在這世上有些場合被稱為『真實的時刻』，也就是赤裸裸的靈魂從所有欺瞞與虛偽中解放出來，領略舉目所及的朗朗乾坤，心靈為之震撼的瞬間。韋伯此時所體會的就是這種感覺。這一刻，雖然沒有確切的答案，但是他卻能夠接受這世上所有的謎

題與矛盾；這一刻，雖然沒有言語的解釋，但是他卻可以清楚感覺到生存的意義與死亡的價值。擺脫一切造成人生苦難的迷惘與渾沌，無比幸福的時刻。

駿馬輕鬆穿越沉眠的城市，一個騰躍，登上暗色河水潺潺流過的河岸邊。他們要前往的大橋在水銀燈的蒼白燈光照射之下，就算是在沉默的夜晚當中仍然清晰可見。

「Rider，那是……」

征服王點頭回應韋伯的指點。

雖然站在白光照射的橋上，那人威武的容貌依然金光閃耀，彷彿在嘲笑人類創造的光明只不過是虛假的贗品而已。即使相隔數百公尺的距離，那雙無情冷酷的深紅色雙眸仍然讓韋伯因為戰慄而渾身僵硬。

從靈Archer，英雄王基爾加梅修——

韋伯並非毫無心理準備，他早就知道一定免不了與Archer一戰。但是一旦真正看見對方，那種壓迫感還是打破各種保護心靈的障壁，直接震撼他的靈魂。

「你害怕嗎？小子？」

Rider察覺韋伯在發抖，低聲對他問道。少年並沒有打腫臉充胖子，老老實實地點頭回答。

「是啊，我很怕。還是說這種感覺用你的方式來形容，就是所謂『雀躍的心情』

嗎？」

韋伯緊張的回答讓征服王展顏一笑。

「沒錯。敵人愈是強大，想到勝利美酒的滋味兒就愈讓人感到幸福。哼哼，你也愈來愈明白了嘛。」

Rider毫不畏懼地勇敢說道。布賽法拉斯踩著穩健的步伐將兩人帶到橋頭。

這是雙方第四次，想必也是最後一次見面。初始的英雄王與傳說中的征服王，兩人光明正大占用寬敞的四線車道。對他們來說，前方的阻礙只有雙方彼此而已。橋上只有這一條路，避無可避，退亦無可退。在王者競逐霸道的過程，這裡是必經的命運戰場。

布賽法拉斯停下步伐。Rider輕搔她的鬃毛，慰勞她體會到騎士的想法而停下來。

「小子，你先在這裡等一下。」

「——咦？」

Rider翻身下馬，朝向等待自己的敵人悠然走去。兩人彷彿像是約好了一般，Archer同樣也踩著傲然的步伐往這裡走過來。

他們不只是較量武藝的決鬥者而已，既然雙方都是爭霸之人，交手之前有些規矩一定要遵守。

「Rider，你最自傲的戰車到哪去了？」

Archer一開口就用不客氣的口吻質問道。

「啊，戰車嗎？嗯嗯，雖然讓人很火大，戰車已經被Saber那傢伙毀掉了。」

Rider輕鬆寫意地聳聳肩回答。Archer則是瞇起血紅色的眼睛注視著他。

「……你忘記本王的決斷了嗎？本王應該曾經說過要在你最佳的狀態之下打倒你。」

「嗯，聽你一說，好像是有這麼一回事。」

Rider絲毫不畏Archer的壓迫感，嘴角露出極為剽悍而剛猛的冷笑。

「朕的武裝確實有所損耗，但是你可別小看朕了，英雄王。今晚的伊斯坎達爾雖然不完美，不過**更在完美之上**。」

雖然Rider之言聽起來顛顛倒倒，Archer卻沒有把這句話當作笑話來嘲笑，他銳利的眼神如同刀痕般在Rider全身上下掃過一遍。

「——原來如此。周身充盈的王氣確實比平常還要強大。哼，看來你似乎不是沒有一點勝算就跑到本王面前。」

事實上雖然失去一件寶具，但是今晚Rider身上散發出來的魔力總量卻比以前更增加許多。韋伯原本打算「隨便消耗」的那三道令咒發揮了意外的效果。

使用令咒發動強權的時候，內容愈抽象效果就愈低。就這點來說，韋伯剛才的命

令全都欠缺具體性，以令咒的用途來說實際上根本等於白白消耗。但是另一方面，當令咒的絕對命令不是用來扭曲從靈的意志，而是經由雙方彼此同意而發動的話，令咒就不只具有強制能力，還會成為強化從靈能力的輔助手段。以這種情況來說，就像切嗣手下Saber成功完成『空間轉移』一樣，有時候令咒甚至可以推翻魔術常理，完成等同於「魔法」的奇事。

雖然韋伯的使用方式效果確實不大，但是內容符合從靈的本意，而且還接連使用三道，因此令咒的確在Rider身上產生了作用——只要Rider為求「勝利」而行動，他就能接收到比一般供應量還要充裕的魔力。如果要直接形容的話，現在Rider的狀況簡直「好到不行」，前所未有。

「Archer，說到宣言，上次酒席間我們應該還有一項約定吧。」

「你是指我們雙方唯有生死一決的結論嗎？」

「在那之前我們不是說好要把剩下的酒喝完嗎？」

Rider催促英雄王說道。臉上純真的笑容一點都不像待會就要展開生死戰鬥的人。

「那時候雖然被一些不解風雅的粗人砸了筵席場子……不過那瓶酒還有剩下一些喔，你可瞞不了朕的眼睛。」

「不愧是篡奪之王，對別人的所有物眼光還真是敏銳。」

Archer露出苦笑，再次從異空間的「財寶庫」把一整套酒器叫到手邊。將瓶底殘留的神代名酒全都倒進兩只杯子裡，兩位王者就如同互觸拳套的拳擊手一般，莊重地對碰酒杯。

「巴比倫之王，這是酒席上最後一個問題。」

「准，你說吧。」

伊斯坎達爾手中舉著酒杯，表情雖然嚴肅，但是唯有眼神卻還留著淘氣孩子般的稚氣，開口問道：

「假使說讓朕的『王之軍勢（Ionian Hetairoi）』裝配你『王之財寶』的武具，絕對可以組成一支天下無敵的軍隊。西方國家那什麼叫做總統的傢伙想必根本算不了什麼吧。」

「嗯，然後呢？」

「要不要成為朕的盟友呢？只要我們兩人聯手，一定可以連星海彼方都可以收為版圖喔。」

英雄王聞言，就好像聽到什麼痛快的諷刺笑話一般，爽朗地放聲大笑。

「你還真是個有趣的傢伙哪。一個不是小丑的人所說的夢話竟然讓本王笑得這麼愉快，已經好久沒有這樣了。」

Archer雖然在笑，但是他身上散發出的冷冽鬼氣卻絲毫不衰。對這名黃金王者來

說，殺意幾乎就是愉悅的同義詞吧。

「不過很不巧，本王不需要第二個朋友。從過去到未來，本王只有一位朋友——而且這世上也不需要兩位王者。」

聽到這語氣堅決的回答，征服王並沒有露出失望的表情，只是靜靜頷首而已。

「孤獨的王道是嗎？就讓朕帶著敬佩的心挑戰你那堅毅不搖的理念吧。」

「可以。充分展現自我吧，征服王。你是一名值得本王親手制裁的賊人。」

兩名王者喝下最後一點酒水，扔下空酒杯，轉身就走。雙方再也沒有回頭，回到彼此原本所在的橋頭。

韋伯一臉緊張兮兮，目睹兩名王者最後的共飲。他發出歎息，迎接王者歸來。

「你們兩個的交情真的有那麼好嗎？」

「還好啦，只是待會就要開始相殺了。他或許是朕此生最後一個視線相對的人，當然不能對他太壞啊。」

「……不要說這種傻話。」

伊斯坎達爾滿不在乎地開玩笑說道，韋伯則是沉聲駁斥。

「你怎麼可能會被殺。我可不允許這種事發生，難道你忘記我的令咒了嗎？」

「說的也是——是啊，當然就像你說的一樣。」

Rider露出精悍的微笑，再次跨上他留在原地的布賽法拉斯背上，拔出腰間配劍。

「我的同胞們，過來吧！今晚讓我們將自己英勇的身影烙印在最強的傳說之中！」

帶著熱砂的狂嵐彷彿呼應王者的呼喚，吹散河川的霧氣撲到橋上來。

現在裘普歐提斯之劍正在聚集編織那些來自時空彼端，過去曾與王者共享夢想的英靈之念。

人人眾志成城，看著被海市蜃樓所掩蓋的地平線，一心一意想要看看那片無邊藍天的彼端。

勇士們跨越時空追求戰場的心象侵蝕現實，將無人的大橋轉變為旋風肆虐的大平原。

英靈一位接著一位趕到這已經準備好的決戰舞臺。

「啊啊……」

對韋伯來說，這是他第二次看到『王之軍勢（Ionian Hetairoi）』千軍萬馬的壯盛軍容。雖然已經不會感到驚訝，但是現在他已經知道這件體現伊斯坎達爾之王道的終極寶具背後代表的真正意義，心中的敬畏感比第一次見到的時候更加強烈，深深撼動著他。

光輝的精銳騎兵——他們與征服王結交的君臣羈絆甚至跨越現世與冥界的隔閡。

這群昇華為永恆的戰士不會在乎現身的戰場在哪裡——只要征服王再度揭示他的

霸道，臣子們都會立刻趕到君主身邊，不論天涯海角。

這就是與王者同在的驕傲。

這就是與王者並肩作戰，讓人熱血沸騰的喜悅。

「敵人是萬夫莫敵的英雄王——正是我們絕佳的對手！男子漢們！向初始的英靈展現我們的霸道吧！」

『喔喔喔喔喔喔喔喔——!!』

成列的軍士呼應伊斯坎達爾的咆哮，發出震天價響的呼喝。

Archer 單騎孤身面對如同洶湧海潮般的壯盛軍隊，卻不見一絲狼狽，只是一派泰然自若，堂堂佇立在大軍之前。閃耀著金黃色的站姿就如同一座孤傲的峻嶺，唯獨半神之英靈才擁有這種超絕的雄偉壓迫感。

「放馬過來吧，霸軍之主。你將會明白何謂真正的王者之姿……」

英雄王冷傲地說道。在駿馬布賽法拉斯的帶領之下，英靈軍隊終於開始以楔型陣形衝向英雄王。

一馬當先的 Rider 放聲長嘯，騎兵們也發出吶喊應和他的嘯聲。在這陣響徹天際的衝殺聲中，韋伯同樣也拉開他細微的嗓子，盡可能一起放聲大喊——

『AAALaLaLaLaLaie!!』

-03:59:48

為了尋找愛莉斯菲爾，一直在新都東邊四處徘徊的Saber，當然也看到了從冬木市民會館發射出來的狼煙。

雖然不明白發射出來的信號代表什麼意義，但是至少可以確定絕對與聖杯戰爭有關。此時Saber的心境就像是溺水之人，連一根稻草都不放過，二話不說立即趕往狼煙發射的地點。

巧合的是，Saber沒有經過未遠川就到達目的地，因此沒有遭遇Archer的阻擋，比任何人更早一步來到冬木市民會館。

在寂靜的夜空之下，V型四汽缸引擎發出隆隆排氣音。Saber駕駛VMAX駛進鋪著全新磁磚的前院。

視線所及並沒有看到敵人的身影，也感覺不到黑暗中潛藏著殺意。這麼說來——敵人潛伏在建築物裡面嗎？

Saber注視著市民會館沒有任何照明的外觀，看了一會兒之後，扭轉VMAX的把手，按照入場者專用道前進，就這麼沿著伸入建築物下方的傾斜車道開進地下停車

場。

地下停車場裡連月光都照不進來，車頭燈的白光劃開黑暗，照亮前方白森森的混凝土壁面。這個設計將來可容納一百多輛車的廣大停車場目前還沒有人使用，只有稀稀落落地停著幾輛建築承包商的車子而已，其餘就只有空蕩蕩的空間裡滿是灰濛濛的空氣。

ＶＭＡＸ沉重的引擎運轉聲也被這有如地下墓地般詭異的寂靜空間吸收。Saber謹慎小心的眼神觀察著周圍，四周的黑暗伸手不見五指，還有各處林立的支柱陰影……這裡到處都是敵人可以躲藏的地方。最重要的是，她的直覺現在已經感覺到一股冷冽的殺意充斥在空氣中。

「Ａ……」

一道怨恨之聲從地底深處湧起，這道亡者的呻吟聲正適合黑暗的地底。

兩度被當成攻擊目標的Saber當然知道這抹聲音的主人是誰——

「ＵＲＲＲＲＲＲＲ!!」

正因為如此，當她聽到爆裂聲伴隨著咆哮聲一起響起的時候，才能在一瞬間及時做出反應。

Saber飛身後退，一陣火花頓時如同飛濺的雨滴般包裹住留在原地的ＶＭＡＸ。

只在眨眼一瞬之間，鋼鐵坐騎便化作片片殘骸，不留原型。燒灼的火藥氣味衝進Saber 的鼻腔中。

「這個武器是——！」

Saber 曾經見過這種武器。Lancer 的兩位召主遭到衛宮切嗣的暗算，就是慘死在這種火砲之雨下。這是在現代世界被當成主流兵器的機械發射裝置。

紅炎之花再度在黑暗中紛紛綻放。在槍口火光的照亮下，Berserker 的黑色影子被拉得老長，變成一副怪異的形狀在地下室牆上狂舞。Saber 立即往地面上一蹬，在槍林彈雨的洗禮中穿身而過。沒有擊中目標的流彈以超乎想像的破壞力在混凝土地板以及牆壁上打出一個個大洞。**那東西**的危險性比起舞彌之前使用的武器明顯高出太多。Saber 發覺那武器的威力太大，就算自己身為從靈，只要被擊中還是會造成致命的傷害，不覺咬緊了牙根。

她當然不知道 Berserker 從哪裡弄來衝鋒槍。黑鎧的瘋狂騎士雙手左右各執一挺言峰綺禮利用監督者權限所準備的現代槍砲，用起來如臂使指。這具現代槍砲的槍身與彈匣都被憎恨的魔力侵蝕，化為足以對 Saber 造成威脅的凶惡魔術兵器。

「━━━━!!」

兩柄機槍猛攻 Saber，槍口所發出的灼熱嘶吼絲毫不遜於黑騎士狂猛的怒號。超

音速的子彈雖然還比不上 Saber 的劍速，但是擊發數量多達每秒二十發，除了閃躲之外也別無他法應對。

Berserker 能夠將手中的武器全都加上寶具屬性，不論其由來或年代。當武器種類同樣升格為寶具的情況下，「刀劍」與「槍砲」的兵器落差便逐漸將 Saber 逼入壓倒性不利的局面。

裝潢業者趁著工程尚未完成而堆放在停車場一角的大量漆料罐被一發流彈擊中。灼熱的子彈點燃溶劑，引發爆炸。紅蓮火炎照亮了黑暗的地下。

Saber 受到炮火所阻，遲遲無法縮短敵我雙方間距。她為了尋找反敗為勝的方法環顧四周，這時候注意到一輛停放在牆邊停車位的小貨車。

「——就是那個！」

Saber 冒著被逼到牆邊、退路被斷的危險，朝向自己選定的車子衝過去。Berserker 當然不肯放過她，一邊追擊一邊讓雙手的機槍不斷噴出火舌。Saber 搶在槍彈的猛攻擊中之前滾進車身背後，用劍背由下往上用力一撩，讓車體浮上半空中。

朝著 Saber 轟過來的槍林彈雨將卡車的車體如同紙工藝品般扭曲絞碎。Saber 一邊隱藏在灑下碎屑的車體之後，一邊用肩膀抵住翻轉的車底盤，就這麼朝著 Berserker 衝過去。

Berserker持續不斷射出機槍子彈，狠狠將卡車車體逐漸打成鐵屑。雖然堅固的車體框架再過不久也難逃粉碎的命運，但是對Saber來說，只要這面「急造的盾牌」能夠達成使命，讓她把距離推進到長劍可及的範圍就夠了。

打穿車體的子彈擦過臉頰與肩膀。其中一發子彈擊穿油箱，擦出的火花點燃油箱中的汽油，讓殘破到看不出原型的車體起火燃燒。但是Saber仍然沒有停下腳步，繼續往前衝。

「唔喔喔喔喔!!」

當Saber終於來到距離敵人不到十公尺的地方時，她看準距離，猛然把卡車的殘骸朝向Berserker一推。眼見包裹在火炎中的鐵屑像一顆大火球般朝自己滾來，黑鎧騎士不閃不避，舉起手臂打算一拳粉碎這團廢鐵。

——Saber等待的就是這段空隙。

「喝啊!!」

Saber大喝一聲，迅速往前踏步，再度靠近先前推出去的燃燒車體，就這麼順勢用渾身的力氣挺劍一刺，刺穿用來遮蔽敵人視線的火球鐵塊，將劍尖刺到對面的Berserker身上。

Saber的動作被遮蔽物所擋，Berserker完全沒有看見，也就無法可避。到了第三

次的對戰，Saber才終於第一次感覺長劍的劍尖砍中敵人。

但是——

「——不夠深!?」

Saber自己同樣也被盾牌所阻，無法看見目標。雖然依照直覺所使出的突刺勉強刺中，但是運氣卻沒有好到足以一擊致命。『風王結界』的劍尖確實刺中黑色面罩的眉間，卻沒能刺穿面罩內部的頭額。

原本是卡車車體的鐵塊從正面遭受槍彈洗禮，又從後方受到長劍刺擊，此時終於一分為二，徹底粉碎。Berserker所受的傷雖然尚不致命，但是顏面遭到強力一擊，向後傾斜的身體姿勢還沒恢復。這段空隙足以讓Saber乘勝追擊，繼續進攻，她還有取勝的機會。

Saber一邊踹開仍在燃燒的車輛殘骸，更向前邁進，雙手將長劍高高舉起。這次絕對不會失手，她的視線看準正面Berserker毫無防備的腦門，將勝利賭在這由上而下的天靈蓋一擊。

姿勢、速度、時機。所有因素都十分完備。這一劍相當完美，絕對不辱聖劍英靈之名，絕對可以一劍定江山——也因為如此，當劍身被擋在半空中的時候，Saber的震驚自然也非同小可。

Berserker竟然扔下雙手的機槍，雙掌在眼前一拍，將『風王結界』的劍刃夾在兩手中間擋了下來。在雙重意義上，這種技巧是絕對不可能的。不只因為他在不合理的姿勢之下反抗Saber的必殺追擊，而且『風王結界』無形無影，劍刃的走向根本不可能會被看穿。但是黑鎧騎士卻用空手入白刃的方式封殺了『風王結界』，彷彿對Saber手中長劍的形狀以至於劍刃長度**早就了然於心**。

Saber猛然察覺武器被Berserker觸摸到是何種致命的狀況，因為戰慄而頓感背脊一陣冰涼。她先把心中的驚訝撇在腦後，對著黑騎士的胸膛使勁一踹。Berserker禁受不住放開長劍，向後退了幾步。Saber在緊要關頭擺脫Berserker，免於讓佩劍受到對方黑色魔力的侵蝕。

天花板的灑水器感應到四處燃燒的火焰，開始強力灑下水幕。在防火水幕如同豪雨般的澆淋之下，白銀騎士與黑色騎士靜靜地四目相接。

Saber的腦海浮現出一個強烈的疑問，讓她心生猶疑。

『風王結界』的幻惑效果對眼前這個Berserker不管用，顯然他看過、也知道無形劍鞘保護之下的寶劍樣貌。這是不是也代表Berserker認識成為英靈之前的Saber呢。

在倉庫街與未遠川的時候，這名黑騎士都曾經攻擊Saber，對她表現出異常的執

著。如果那不是因為召主的指示，而是來自於這名瘋狂英靈本身怨恨的話……

愈是凝視，細部就愈模糊不清的黑霧。就意義上來說，Berserker 身懷與風王結界類似的幻惑防衛能力，想要看出他的英靈真實身分是絕對不可能的。但是到了此時，Saber 也已經不得不確信——**那東西**絕對是與自己有關係的騎士。

「……看你那身高超的武藝，我知道你一定是相當有名的騎士，有個問題請教！」

Saber 下定決心，隔著水霧開口與面前的敵人攀談。

「如果你知道我是不列顛王阿爾特利亞．潘德拉剛而向我挑戰的話，那就帶著騎士的尊嚴報上名來！隱姓埋名動手的行徑與偷襲一樣卑鄙！」

嘩啦啦的水聲中夾雜著卡搭卡搭的金屬聲響。雖然細微，不過那道冷冷鑽進耳裡讓人不寒而慄的聲音確實是 Berserker 所發出來的——被黑霧所籠罩的全身重鎧都在震動。

那是包裹四肢的所有甲胄如同水波般輕微晃動，互相碰撞的聲音。

「你……」

這時候 Saber 終於聽到有一股如同怨恨低吟般的聲音。

一陣有如什麼東西互相摩擦，又像啜泣的聲音從黑色頭盔之中傳來。此刻 Berserker 全身抽搐，同時流露出某種難以壓抑的感情。

笑聲——當 Saber 察覺的時候，一種無以言喻的寒氣在她的全身竄過。

沒有任何推論與根據，Saber 單憑第六感領悟自己犯下了致命的錯誤。她剛才不該探問對方的身分。

不該問他的名號，應該在還沒想起眼前敵人的真面目之前把他消滅掉。

但是當她察覺的時候已經為時已晚。對她來說，將會招致最惡毒詛咒的字句已經由她自己親口說出來了。

遮掩黑鎧騎士周身的黑霧一邊旋轉一邊逐漸收攏。在降下的水霧當中，漆黑的鎧甲終於露出細部線條。

那是一套不走奢華又不過度剛猛，機能美與豪奢兼顧的完美鎧甲。

細緻的造型極盡匠師之巧思，陽剛而流暢。就連鎧甲上的無數傷痕都成為訴說騎士無數戰功的雕刻，更添其勇武威風。這正是所有騎士都欣羨不已的完美戰鬥化妝。

Saber 知道以前曾經有一名勇士穿著這件鎧甲馳騁於戰場上，他是凱美洛城的圓桌上最光輝閃耀的無雙劍士，比任何人都更完美無瑕的忠勇武者。

「你是——這怎麼可能——」

Saber 真希望自己看錯了。那個人過去正是表現出『騎士模範』的理想完人，他那勇敢的身姿竟然受到瘋狂化詛咒的侵害而墮入黑暗，這是絕對不可能的。

黑鎧騎士彷彿在嘲笑 Saber 的念頭，一邊狂笑一邊伸手抓住連鞘佩帶在身上的長劍劍柄。這柄長劍不是撿來，也不是從他人那裡奪取的武器。這名自始至終一直隱姓埋名的英靈終於動用**他自己的寶具**。

Saber 束手無策，只能呆呆地看著從劍鞘中緩緩拔出的劍身。

那柄劍的造形與她自己的神劍形似，精靈文字的刻印證明此劍並非由凡人之手打造。俐落劍刃上反射出的劍光就如同在月光下閃耀的湖面一般。那是一柄遭受到任何攻擊都絕對不會毀壞的無限之劍。

唯有被歌頌為『完美無瑕之騎士』的那個人才有資格使用那柄名劍。此劍名叫『無毀的湖光（Alondite）』——就算不報出姓名，這項明證也已經清楚道出持有者的真名了。

「……Ar……thur……」

帶著怨恨的呼喚聲在黑色頭盔中迴盪。這股震動成為最後一擊，因為 Saber 剛才的攻擊而裂開的頭盔終於破了。

從破碎的頭盔之下露出一張黑髮容顏。

過去曾經讓許多婦人崇拜不已的端正美貌已經完全不得復見。他的相貌形同惡鬼，臉頰因為長年的憎恨而凹陷，只有兩隻眼睛放出滾滾恨火。那是一張在無盡詛咒苦海中迷失一切的活死人面貌。

「……啊……」

Saber的膝蓋喪失力氣，彷彿承受不住水滴拍打在她肩頭與背後的重量。不屈不撓的騎士王此時陷入絕望，終於跪倒在積水的地板上。

——總有一天妳會連做為一名英雄最根本的驕傲都失去——

曾幾何時，有個人用這段話告誡她。

那麼這道詛咒從那時候就已經開始了嗎？

「你……那麼地……」

看到眼前那人喪失往昔的尊貴與榮耀，淪落成為狂戰士的模樣，Saber止不住潸然淚下，只能開口問道：

「……你那麼的憎恨我嗎？吾友……甚至變成這種可怕的模樣，不惜墮落都要恨我嗎？湖上騎士！」

少女始終心懷榮耀，以信譽為念一路戰鬥至此。

這一刻就是她落敗的瞬間。

-03：59：32

寂靜當中，有一陣刺鼻的焦臭味傳來。看來這棟寬廣的建築物好像有哪裡失火了。

衛宮切嗣不疾不徐地踩著堅定的步伐緩緩走到無人的入口大廳中央。

他適度放鬆全身的肌肉，沒有哪一處繃著多餘的力氣。另一方面，他的精神如同凍結的湖水一般，化作明鏡映照出周圍一帶的全景。他讓自己成為一支敏銳的探針，靈敏度超越聽覺、清晰度更勝視覺，沒有一點死角，只要一點風吹草動都能立即察覺，在黑暗中緩步前進。

言峰綺禮應該就在這棟冬木市民會館的某處，等著衛宮切嗣到來。

到最後，衛宮切嗣計畫的守株待兔之策還是全部落空，但是他完全不感到懊惱，他終於掌握言峰綺禮這名神祕敵人的真實面目，這反而是一項斬獲。因為切嗣的所有預測都被推翻，說起來他是用消去法導出正確的答案。

總而言之，這名男子對聖杯完全沒有興趣。

直到今天，切嗣的眼睛一直被所有召主都會追求聖杯的刻板印象所蒙蔽。也因此言峰綺禮那些與聖杯毫無關聯的舉動看起來才會那麼奇怪而詭異，讓切嗣煩惱不已。

但是今晚看到綺禮執行聖杯降臨儀式的戰略，切嗣終於明白打從最初的前提開始，他就想錯了方向。

綺禮雖然把冬木市民會館當作祭壇使用，但是他的準備工作實在太過草率。這座脆弱的堡壘本就不具備任何魔術基礎，不足以當作要塞使用。可是現場卻看不到任何強化防衛能力的跡象。即使時間有限，至少應該會設置一些簡單的陷阱或是防護壁。再說連這些準備工作都還來不及做就召集其他從靈想要一決勝負，這種判斷根本不合常理。就算綺禮對增強防禦的魔術完全一竅不通，那他為什麼還挑選四大靈脈中最不適合打防衛戰的地點呢？

想到這裡，切嗣也不得不明白了——也就是說對言峰綺禮而言，聖杯降臨不是第一考量。那個男人單純只是因為冬木市民會館遭到伏擊的可能性最低，才會選擇這裡。綺禮想要的不是讓聖杯順利降臨，而是掌握主導權，好讓他與剩餘的召主決鬥時占據有利地位。

言峰綺禮的目的不是聖杯，而是在取得聖杯之前的血腥戰鬥。切嗣不知道理由為何，也已經沒有探究的必要，他只要知道那名代行者的目標是誰就夠了。

切嗣手指輕輕握住Thompson・Contender的槍柄，感受胡桃木材質的手感，同時想著那名除了照片之外未曾謀面的男人。

他究竟是在何處，以何種形式與言峰綺禮牽扯上關係，現在再去思索這些也是枉然。切嗣的人生走來風風雨雨，根本不會一一去記有誰想要殺他。某個外人因為對他有私怨而闖進聖杯戰爭——切嗣把這個可能性排除的原因，單純只是因為機率問題罷了。像這種局外人存活到最終決戰，甚至橫生枝節影響聖杯去向的可能性雖然幾近於零，可是此時現實就擺在眼前，也由不得他不接受這件事實。

衛宮切嗣從來不曾追求事物的真理或是答案。對他而言，值得關心的總是只有「狀況」本身而已。

他發誓一定要盡可能多救一些人，如此而已。拯救的生命不分貴賤，任何理由與背景都不影響秤量犧牲與救贖的天秤。所以他一直用這種心態過活，認為思考自身行為的意義是一件愚不可及的事情。

因此——切嗣之前對綺禮抱持的畏懼與危機感已經完全煙消雲散了。

當切嗣了解綺禮的目的為何，那個男人所代表的意義就降低為阻礙切嗣前進的障礙物。只要清楚了解要面對的敵人是誰，就算對方再強大，切嗣也不會對他抱有任何感情。沒有畏懼、沒有憎恨，不輕敵也不容情，一心只想著排除障礙。這就是切嗣對自己這部殺人機器要求的唯一性能。

寬廣的演藝廳占據一樓到三樓的空間，可以說是冬木市民會館最主要的中心部位。舞臺的所有內部裝潢工程都已經完成，只等著落成後的第一齣公演上映。綺禮將已死人工生命體的遺體安置在這裡。

原本柔滑的腹部內側現在可以清楚感覺到有異物存在。可能是之前混合在內臟當中的聖杯容器已經回復成原本的型態了吧。此時只要剖開腹部，應該就可以拿到聖杯的容器，但是綺禮卻不急著這麼做。只要再回收一名從靈的靈魂，外殼應該就會自行崩解，露出裡面的聖杯。只要等待時刻到來就可以了。

現在Archer正在大橋上迎戰Rider，Berserker則是在地下停車場擋住Saber。一切事情都按照綺禮的希望發展，現在沒有任何人會來打擾他。

綺禮走出演藝廳來到走廊上，一陣焦煙味突然撲鼻而來。起火的原因應該是由於地下的戰鬥吧。由這股刺鼻的煙味來看，火勢似乎已經延燒到建築物的許多地方了。但是綺禮已經事先把包括火災警報等所有對外電路全都切斷，只要火勢沒有燒到外面，就算是鄰近的居民也不會發現。

每走一步，他的心中就愈感激動。祝福的聖詞忍不出脫口而出。

——他使我的靈魂甦醒，為自己的名引導我走義路。我雖然行過死蔭的幽谷，也

不怕遭害，因為你與我同在——

那個人就在這裡。綺禮確信這次他們兩人一定可以見面。

衛宮切嗣已經來到附近了。就像綺禮想見他一樣，他也同樣想見綺禮。

火焰已經驅散黑暗，開始在走廊四處舞動流竄，熱氣也襲向他的臉頰。但是綺禮不在意，在他心中翻騰的熱血更加灼熱。

現在綺禮第一次感受到祝福。這輩子從來沒有看顧過他的上帝終於對他賜下啟示。

他一直在追求的就是這股憎恨。恨意與歡喜一同成為他執劍的動機。

——你的杖，你的竿，都安慰我。在我敵人面前，你為我擺設筵席；你用油膏了我的頭，使我的福杯滿溢。我一生一世必有恩惠慈愛隨著我——

牆壁與天花板上竄動的火舌成為導引前往煉獄的路標，指引著兩名男子。

他們兩人一語不發，昂然前進。頭也不回地走向決鬥之地。

兩人邂逅的地點在地下一樓，位於舞臺正下方的大型道具倉庫。

在陣陣黑煙的對面，衛宮切嗣看見穿著僧袍的修長身影……

在灼灼火炎的彼端，言峰綺禮認出仇敵的黑色外套。

手中拿著閃耀的黑鍵以及因為槍油光澤而發亮的魔槍槍身。

兩者都知道彼此的殺意，也知道這股殺意有多強烈。

那麼兩人之間早就不需要任何言語交談。

終於直接面對面看到對方的兩人，此刻同時領悟到一個結論。

什麼七名召主與七名從靈，這些只不過是「狀況」而已。

對衛宮切嗣來說，這場戰鬥就是——

對言峰綺禮來說，冬木的戰場就是——

只是為了消滅現在阻擋在眼前的敵人而存在的。

紅炎當中，銀刃閃動。

右手三支、左手三支，代行者手持一共六支現出劍刃的黑鍵，拔足疾馳。

暗殺者手中槍枝的準星對準前方那道捲起一陣疾風快速靠近的身影。

最後的對決在此無聲無息地展開。

-03:59:04

『王之軍勢（Ionian Hetairoi）』的千軍萬馬揚起滾滾黃沙，撼動大地衝殺而來——

即使面對眼前這驚心動魄的景像，英雄王基爾加梅修仍舊不為所動。

那雙鮮紅色的雙眸注視著壯闊的軍勢，充滿血色的愉悅。唯有享盡世上所有愉悅的王者才知曉這種異常的感覺。

事實上，Archer 確實很高興。

他雖然被召喚到這時空的彼端，但卻一再重複空有戰爭之名的鬧劇，他早已對這種日子感到厭煩。現在他終於尋得能夠當作「敵人」看待的對象了。

來自 Rider 的挑戰值得他使出全力戰鬥。

「領導眾人的夢想，朝向霸者之道前進……本王讚許你們的志氣。但是戰士們，你們明白嗎？所謂夢想，終有一天一定會甦醒消散。」

Archer 用手中的鑰匙劍在虛空中打開藏寶庫。但是他並沒有展開『王之財寶』，只取出一柄劍而已。

「正因為如此，所以本王才會出現在你的面前啊，征服王。」

——那柄劍究竟可以稱得上是「劍」嗎？

這件武器的模樣非常奇怪。有劍柄，也有劍鍔，長度大約與一柄長劍相似。但是相當於「劍刃」的部分與刀劍的形狀相差太多。那是一個三段相連的圓柱體，劍尖則扭轉為螺旋狀的鈍刃。三段圓柱就像是輾臼一樣，一直緩慢地交互迴轉。

沒錯，那武器已經不是一柄「劍」了。在「劍」的概念出現之前就存在的這件武器當然與既有的劍形狀不同。這是人類出現之前，天神所創造的物品，具體表現出創世之時天神的鬼斧神工。

形似輾臼的三段圓柱配合天體的運動，各自帶著相當於地殼變動的重量與能量摩擦轉動。翻湧出來的龐大魔力早已超出可計算的範圍。

「來，讓你們知道永無止盡的夢想是如何結束的。就由本王親自展現真理給你們瞧瞧吧……」

在Archer高高舉起的手中，初始之劍慢慢加快迴轉速度。一轉快過一轉、一圈快過一圈……

Rider直覺那件武器的威脅非同小可，拍馬加快布賽法拉斯的速度。

「要來了！」

被Archer搶先動手了。無所謂，就算他占得先機也只有一招的機會。不等他出第

二招，『王之軍勢（Ionian Hetairoi）』就會踏過那道金黃色的孤單身影。

那麼最重要的就是如何擋下這一招。Archer 以強大無匹的寶具傲視群雄，想必那一定是他認為足以取勝的最終武器。

那是抗軍寶具嗎？

還是攻城寶具？

或是他打算用對人寶具的單點攻擊確實狙殺帶領軍隊的 Rider……

颶風發出轟隆巨響，從 Archer 的劍柄中迸射出龐大的魔力。

「覺醒吧，『Ea』。適合你表現的舞臺已經準備好了！」

Ea——在古代美索不達米亞神話之中，劃分為『天』與『中』的大地與水之神祇。

稱為 Ea 的這柄『乖離劍』就是神話時代中見證天地創世的原初之劍。初始之刃所擔負的使命正是劃開渾沌未明的天與地，讓天地各自擁有確實的型態。

現在神之劍捲起漫天狂傲暴風，即將再次展現創世奇蹟。身穿黃金鎧甲的英雄王朗聲昂然宣言道：

「好好瞻仰吧——這就是『天地乖離開闢之星（Enûma Eliš）』！」

頓時天鳴地動。

龐大的魔力團塊解放出來，撼動宇宙的法則。

Archer所揮下的劍尖沒有對準任何人。

根本不用對準什麼人。乖離劍劍刃所切開的不光只有「敵人」而已。

大地在策馬疾馳的Rider面前崩解，裂開一個無底大洞。

「唔!?」

Rider發現腳下突生危機，但是就連他也已經無法制止布賽法拉斯的飛奔勢道。

「咿——」

眼見無法躲避墜落無底深淵的命運，韋伯拚命忍住口中的哀號聲。不過雖然生死關頭近在眼前，但是現在載著他的馬匹與騎士可都不會因為這種程度的危機而退縮。

「喝啊！」

回應Rider手中的韁繩，駿馬用她健壯的後腿一踢，高高地飛上半空中。

這段跳躍與滯空時間簡直讓人血液凍結。對韋伯來說彷彿漫無止盡的這一剎那結束之後，布賽法拉斯已經重新踏上地裂對面的大地了。

但是韋伯沒有時間可以喘息，後續的騎馬隊慘狀讓他臉色大變。

腳力不及布賽法拉斯的近衛軍團無法度過大地的裂縫，如同雪崩般直直落入無底深淵。更後方的騎兵雖然及時懸崖勒馬，免於墜落的命運，但是這只不過是慘劇的開端而已。

「小子，快抓緊！」

Rider大喝一聲，摟著韋伯緊緊抓住馬鬃。

就在駿馬發覺危機，飛奔退往安全範圍的同時，地裂還在繼續擴大，將周圍的土地以及騎兵一一吞沒。

不對——不只大地而已。龜裂從地平線延伸到空無一物的半空中，扭曲空間，吸走大量空氣，周圍的一切全都伴隨著一陣旋風被捲進虛無的彼方。

「這、這是……」

就連勇悍無比的征服王都對眼前的景象大感震驚，瞠目結舌。

英雄王手中的乖離劍不只一劍劈開大地，威力甚至波及天空，以至於**世界本身**。這種攻擊早已經不是計較有沒有擊中、威力大小云云的程度了。將兵、馬匹、塵沙以及天空——所有位於破裂空間的萬物全都逐一被扭轉的虛空所吞噬，消逝地無影無蹤。

就在布賽法拉斯使盡全力站穩腳步，力抗真空氣壓的同時，『王之軍勢（Ionian Hetairoi）』所變化出來的熱砂大地也正在破裂粉碎，彷彿沙鐘的落沙將盡一般，掉進空洞深淵。

在這一劍揮下之前，三千世界只不過是毫無意義的渾沌——

在這一劍揮下之後，嶄新的真理將會劃開天空、大地與海洋。

天地創世解放出來的激震早已凌駕攻城寶具的力量。不只有形之物，就連一切森

羅萬象都全數毀壞的超級威力，這就是讓英雄王成為超凡者的『破界寶具』的真面目。

天空崩落、大地碎裂，就在一切逐漸歸於虛無的黑暗當中，唯有Archer的乖離劍燦然生輝。那道光輝彷彿就像第一顆照亮新世界的初始之星，為毀滅畫下一個閃耀的句點。

Rider與韋伯都沒能看到一切，他們所在的固有結界本來是由所有召喚而來的英靈魔力所維持。早在世界完全消失之前，他們失去半數軍力的時候結界就已經破裂，遭到扭曲的宇宙法則重新回復為原本的模樣。

兩人乘坐的布賽法拉斯在夜晚的冬木大橋上著地，就像是大夢初醒一般。

黃金英靈帶著美豔的微笑在大橋的彼端昂然挺立。雙方的位置毫無改變，這場戰鬥好像又把時間重新拉回剛開始的時候。

眼睛可以看見的唯一變化就只有Archer手中那柄此時仍然發出沉重迴轉聲響的乖離劍。

還有一件看不見的致命變化——Rider的終極寶具『王之軍勢（Ionian Hetairoi）』消失了。

「Rider……」

韋伯臉上的血色盡失，抬頭看著Rider。巨漢從靈神情嚴肅地對他問道：

「朕突然想到有一件事一定要問。」

「……什麼？」

「韋伯．費爾維特，你想不想以臣下的身分隨侍於朕？」

激昂的情緒讓韋伯渾身震顫，淚水潰堤似地滂沱而下。

這是他明知不可能，但卻一直憧憬盼望的問題。根本不需要猶豫，因為答案早就已經準備好，就像是一件無價瑰寶般深藏在他的心中。

「只有你才是——」

第一次被直呼其名的少年淚也不擦，抬頭挺胸，以堅定的語氣說道：

「——只有你才是我的王。我願意侍奉你，為你犧牲奉獻。請你引導我，讓我看見與你相同的夢想。」

這段誓言讓霸道之王露出微笑。對臣子而言，他的笑容就是超越所有獎勵的報酬。

「嗯，那好吧。」

就在韋伯感覺興奮地快要飛上天的時候——他的身體真的浮上半空中。

「……咦？」

王者把少年矮小的身軀從布賽法拉斯背上抓起，輕輕放在柏油路上。韋伯失去坐在馬背上的高度，回到原本的身高視線，重新體會到自己的低矮與渺小讓他困惑不已。

「揭示夢想是朕身為王者的義務。而身為臣子，你的義務就是看清楚王者展示的夢

想，傳與後世之人。」

征服王看起來彷彿高高在上，就算伸出手也無法觸及。王者從馬鞍上一邊帶著爽朗的笑容，語氣堅定地發下詔敕。

「活下去，韋伯。見證這一切，然後活著訴說一切。告訴世人你的王上活得如何快意，告訴世人伊斯坎達爾的奔馳是何等勇迅無倫。」

布賽法拉斯踢蹬鐵蹄，發出如同激勵般的嘶鳴——她的嘶鳴究竟是為了即將趕赴死地的王者，或是身負艱鉅使命的臣子呢。

韋伯低下頭，再也沒有抬起來。伊斯坎達爾把這個動作當作首肯。不需要任何言語表達，從現在開始一直到時間的盡頭，王者的身影將會永遠引導臣子，而臣子也會永遠忠於這段回憶。在誓言之前，就連離別都失去意義，因為在伊斯坎達爾的麾下，王者與臣下的羈絆是超越時空永恆不滅的。

「好啦。我們上吧，布賽法拉斯！」

征服王一踢坐騎的側腹，開始最後的疾馳。他發出雄渾的咆哮，衝向等著他的大敵。

他是一名戰略家，也很清楚這場戰鬥誰勝誰負早就已經底定。但是「那件事」和「這件事」完全是兩碼事。征服王伊斯坎達爾唯有選擇朝向那名黃金英靈衝殺，除此之

外他想不到其他方法。

在他心中沒有放棄也沒有絕望，有的只是幾乎從胸口蹦出來的興奮而已。

厲害，那傢伙實在太厲害了。這名英雄就連世界都能切開，絕對是天底下最強的敵人。

那麼那個男人就是他最後的敵人。

那就是這世上最後的難關，比興都庫什峰還要崇高、比馬克蘭沙漠的熱沙還要灼熱，這樣叫征服王如何能不去挑戰一番呢？跨越那道難關，另一邊就是世界的盡頭，他曾經懷抱的遙遠夢想此時就在眼前，等待實現的那一刻。

『榮耀就在遠方』——就是因為遙不可及才要去挑戰。為了看著自身背影的臣子，他要歌頌霸王之道、展現霸王之道。

佇立在征服王前方的英雄王悠然地注視著挑戰者，同時放出寶庫的收藏。二十、四十、八十——一群閃耀的寶具如同滿天星斗般在空中展開。寶具的光芒讓征服王回想起久遠之前他在東方仰望的星空。

「AAAALaLaLaLaLaie!!」

撼動心胸的喜悅讓他張口長嘯，與愛馬一同奔馳。

群星之雨發出沉重的呼嘯聲衝來，一波波不間斷的衝擊無情地蹂躪他全身。但是

與奔馳的快感比起來，這種程度的痛楚根本不算什麼。

他也曾經畏縮過，說什麼根本到不了「盡頭之處」——愚蠢，真是大大失態。

他心心念念追求的「盡頭」現在就佇立在自己的前方。跨過數不盡的崇山峻嶺、度過諸多長江大河之後，他終於找到了目標。

那麼他一定要超越過去。

踏過眼前的敵人。

一步接著一步前進，他不斷重複同樣的動作。就算那道身影再遙遠，只要步伐一點點累積起來，就一定可以把劍尖遞到那人身上。

群星轟隆隆地傾瀉而下，攻勢如此之強大讓他差點失去意識，身子一個不小心晃了一晃。

等到他回神的時候，不知何時已經在用自己的雙足奔跑了。愛馬布賽法拉斯衝到哪裡，又是在哪裡倒下的？雖然他很想為直到最後勇敢完成使命的摯友哀悼，不過既然如此，他更不能停下腳步。因為現在他往前踏出的這一步就是對往生者的追思。

金黃色的宿敵面露一副什麼都知道的表情，正看似無奈地說著什麼。但是他聽不見，就連閃光掠過耳邊的風聲他也都聽不到。

他耳中只聽得見陣陣濤音。

遙遠盡頭的海岸邊空無一物，海浪來回拍打。這是此世最終之海的海浪聲。

啊，原來如此。他帶著滿心暢快，終於明白了。

之前為什麼完全沒發覺呢——自己心中這股激昂的躍動感就是盡頭之海的浪濤聲。

「哈哈……啊哈哈哈哈！」

他夢見自己在海岸線奔跑，腳尖衝開海水水沫的感覺真是舒暢。把腳下染成一片鮮紅的海水說不定是從他自己肚腹中淌流出來的鮮血，不過那又如何，現在他正夢到這片海洋，世上還有比這更美好的幸福嗎？

等待著自己的英雄王就近在眼前。還有一步——然後只要再往前踏一步，高舉過頭的劍就可以劈開那傢伙的腦袋。

「喝啊啊啊啊!!」

他一邊發出響徹雲霄的勝利吶喊，同時揮下袞普歐提斯之劍。

這是確信勝利來臨的最高潮時刻。本來眨眼即逝的一瞬間不知道為什麼被拉得有如永恆般長久。彷彿連流逝的時間都停下來了——

不，事實上確實是停止了。不過停止的不是時間，而是他自己。

就在揮下的劍快要砍到對方的時候，堅固的鎖鏈綁住他的劍身、手足以及肩腰。

這道束縛讓征服王大嘆三聲。

天之鎖——英雄王收藏物的祕中之祕。就連天神公牛都能綑綁住的縛索。

「——真是荒唐，你這傢伙……莫名其妙的東西一樣接著一樣……」

奇怪的是，他並不會感到悔恨。只是自己因為一點小事不小心受挫，自嘲讓他沾滿鮮血的嘴角泛出苦笑。

袞普歐提斯之劍沒有砍到敵人，但是基爾加梅修的乖離劍圓鈍的劍尖卻已經刺穿伊斯坎達爾的胸膛。征服王在肺臟內側感覺到劍身緩慢迴轉，心中雖然無奈，但也很佩服這把劍實在厲害，好像一切事情都與他完全無關似的。

「——你的夢醒了嗎？征服王。」

「……啊啊，嗯。是啊……」

這次他還是沒能達成夢想。無盡的夢依然無盡，就這麼結束了。但是仔細一想，這應該是過去他窮盡一生追求，僅有一次的幻夢才對。

久遠之前在小亞細亞所做過的夢——他在這片遠東的土地再次看到與那時候相同的夢想。

想起這一切奇妙的種種，伊斯坎達爾露出微笑。

如果做了兩次同樣的夢，就算有個第三次也不奇怪。

也就是說——

下一場夢境差不多就要開始了。

「這次遠征也……讓朕……感到十足痛快啊……」

伊斯坎達爾瞇起因為血霧而迷濛的雙眼，滿足地喃喃低語。基爾加梅修看著他那心滿意足的神情，正色頷首說道：

「你想挑戰幾次就儘管來吧，征服王。」

儘管全身上下到處都被寶具之雨刺穿，但是直到最後被天之鎖擋下之前，對方仍然沒有停下腳步。對於如此豪邁的對手，英雄王賜與他最大的獎賞——最真誠的讚賞之意。

「直到時空的盡頭，這整個世界全都是本王的庭園。所以本王向你保證，這座庭園絕對不會讓你感到無聊。」

「哦……這倒是……不錯哪……」

最後應了這麼一句溫吞的回答後，騎兵從靈安靜地消逝。

從時間上來看，這應該是一場非常短暫的戰鬥。在騎兵英靈快速衝到大橋對面之前雙方一陣短兵相接，應該只有短短幾秒鐘就結束了。

但是韋伯的眼睛連眨都沒有眨一下，將一切過程烙印在腦海中。對他來說，這場

戰鬥就有如一輩子那樣漫長且沉重。

他絕對不會忘記這段回憶，哪怕是封鎖心靈也絕對不可能遺忘。他在剛才這幾秒鐘所看到的光景已經成為他靈魂的一部分，再也無法與他分開。

韋伯只是一動也不動地獨自站在 Rider 放下他的位置。雖然他很明白必須趕快移動，但是感覺腳步好像只要稍動一下可能就會無力地跪倒在地上。

現在他不能屈膝，絕對不能。

金黃色的 Archer 露出殘忍凶光的血紅色雙眸注視著韋伯，慢慢走了過來。千萬不能移開視線，即便全身已經因為恐懼感而凍結，韋伯只知道自己的雙眼絕對不能撇開。如果現在移開視線的話，他的小命就不保了。

Archer 站在少年面前。眼前的少年因為無法掩飾的恐怖而渾身發抖，但是雙眼始終沒有稍移。Archer 以毫無感情的語氣對少年問道：

「小鬼頭，Rider 的召主就是你嗎？」

韋伯原本以為自己的喉嚨已經因為恐懼而僵硬，一點聲音都發不出來。但是當 Archer 問起自己與「他」的關係時，僵硬的喉嚨一時之間卻短暫地放鬆了。他搖搖頭，用沙啞的聲音回答：

「不。我是——他的臣子。」

「嗯？」

Archer瞇起雙眼，渾身上下打量了韋伯一番。他終於發現在少年身上到處都感覺不到令咒的氣息。

「──是嗎？那麼小鬼頭，如果你真是他的忠臣，應該有義務為已逝的王上報仇吧？」

對於第二道問題，韋伯還是能夠以平靜到不可思議的心境繼續應答。

「……如果向你挑戰，我就會死。」

「那是當然。」

「我不能這麼做。他命令我『活下去』。」

沒錯──絕對不能死。現在他已經把王者最後託付的話語銘記在心中了。

無論如何，韋伯都一定要逃過眼前的危難才行。雖然敵方從靈就在面前，他又沒有辦法可以自保，事情幾乎已經呈現萬事皆休的絕望狀況──但是他絕對不能放棄。他絕不能用這種方式踐踏那道誓言。

這或許是比坦然接受死亡還要更加殘酷的折磨。

少年面對避無可避的死亡，只能束手無策地一個勁兒發抖，但是他的眼神仍然訴說著自己不屈不撓的意志。基爾加梅修俯視著這道矮小的身影，過了一陣子之後微微

點頭。

「忠心可讚，千萬不可遺忘這份心意。」

對方如果不是召主也不是叛賊，只不過是個雜種的話就沒有必要下手。這就是王者的決定。

韋伯一語不發地看著黃金英靈轉身悠然離去。等到那道身影從視線裡消失，吹過河上的冷風將戰場緊繃的氣氛完全吹散之後，少年發覺只剩下自己一個人留在夜空之下，此時他才知道一切已經結束了。

保住一條命的奇蹟讓他的膝蓋又開始顫抖。

一直到Archer改變心意的前一秒鐘，那如同呼吸般散發出來的殺意無言地告訴韋伯，Archer的確有意要殺他。事實上如果剛才韋伯的視線稍有移動、腳軟跌倒在地，或是答話的時候有一點猶豫的話，他現在已經屍橫就地了。

如果有人嘲笑他不過是個討饒的懦夫，只是因為那人不知道英雄王的冷酷無情罷了。光是抵抗恐懼感而且保住一條命就算是一種戰鬥、一種勝利了。這是韋伯．費爾維特孤身挑戰，而且成功贏得的勝利。

這是一場低微且渺小的戰鬥，根本談不上什麼英勇華麗。韋伯沒有打敗任何人，也沒有搶到什麼寶物，只不過是活著逃離絕境而已。

即使如此，韋伯還是覺得又高興又驕傲。只有他自己了解在當時那種狀況之下，達成這個不可能的結局是一件多麼難能可貴的事。這份榮譽感只存在於他的心中，就算在旁人眼中看起來再怎麼低下，他都不會引以為恥。

他遵守了王者的命令。見證一切，而且活下來了。

真希望他讚美自己。用他那隻巨靈大掌，那把粗豪的嗓音稱讚自己一番。這次不需要隱瞞自己的感情了，韋伯一定可以挺起胸膛，向那個人炫耀自己的功勞。

可是——在沉靜的夜晚中，韋伯完全是孤零零的，身邊已經沒有陪伴。就像十一天前那樣，韋伯再次被扔在這個無情且冷漠的世界一角。

沒有人知道他孤身一人打贏一場只屬於他的戰鬥，沒有人褒獎他的勝利。

但這是一件殘酷的打擊嗎——答案是否定的。

讚美的話語他剛才已經得到很多了。這個世界上最偉大的王者認同了他，並且收錄他，那個人告訴韋伯要讓他加入臣子之列。

只不過是先後順序顛倒罷了。

他受到的讚美也包括了遙遠未來的份，所以他今後必須花費所有生命，累積功績，才能不愧對那句讚美。

沒錯。只要有那時候的那句話——他就永遠不孤單。

在韋伯領悟這件事的同時，他的少年時光也結束了。

而且他第一次知道淚水這種東西，有時候也會為了與後悔或屈辱無關的原因而流。

此時此刻，韋伯·費爾維特從無人的橋上俯視著黑壓壓的滾滾河流，讓淚水盡情流淌。

那是一名男子漢的熱血清淚。

-03 : 55 : 51

——有一位女性正在哭泣。

那名女性低聲啜泣，美麗的臉頰因為哀傷而凹陷，在雙眉之間刻下深切難解的糾葛紋路。

她責備自己。

以自身為恥。

身為一名被迫一肩扛下所有罪責的罪人，她永遠以淚洗面。

每個人都指著她這麼說道——紅杏出牆的妻子、背叛的王妃。

那些被華麗傳說蒙蔽雙眼，對真相一無所知的愚昧大眾不斷貶抑她、譴責她。

他們甚至不知道，娶了她的丈夫**根本不是男人**。

只有一個高貴之人獻出真心愛她。

但是在他心目中，關於那名女性的回憶卻永遠只有苦惱與憂愁的淚水。

是的。「他」也讓那名女性傷心。

他愛上了她——

她愛上了他——

這就是墮落的一切。

其實她一開始早就已經看開了吧。

想要拯救亂世中搖搖欲墜的國家，就需要有一名理想的王者——而且在王者的身邊一定要有一名高貴賢淑的王后隨侍。這就是眾人渴望的統治者形象。

如果能夠實現這樣一幅美麗的理想，拿一名女性的人生做為代價根本算不了什麼。

就算國王不是男性、就算這只是一段偽裝性別的女性與另一名女性空有形式的婚姻也無所謂。為了整個國家的存續大事，這點犧牲是必要的。

即使如此，「他」還是很想拯救她。

從「他」第一次進入王宮，接受謁見國王之榮譽的那一刻開始，就發誓要為了那名女性燃燒生命，為她付出一切。

「他」衷心期盼那名女性能夠展顏歡笑、能夠享受幸福。

等到「他」知道最讓那名女性感到痛苦的原因就是自己這份思念之情時，一切都已經為時已晚了。

她也同樣已經愛上了「他」。

她已經放棄了女性幸福，愛情對她來說是最大的禁忌，但她還是愛上了。

就算這是一段不被眾人接受的戀情，但是只要下定決心，背負著罪孽走下去的道路應該還是存在的。

如果真心想要拯救心愛的女人，就算與全世界為敵也要成就這段戀情。這應該是男子漢的真性情才是。

但是──「他」卻沒有這麼做。

就如同她不是「女性」、不是「一個人」，只是一個為了支持明主的治世，稱為『王妃』的零件一般──

「他」同樣也不是「男性」、不是「一個人」，只是一部向王者效忠，稱為『騎士』的裝置罷了。

人們稱「他」為『湖上騎士』──武藝超群、赤膽忠心、舉止優雅而華美。每一個人都羨慕、讚美「他」，認為「他」體現出騎士道的精髓。

這名理想的騎士不只受到眾人的讚嘆，就連精靈都賜與祝福。湖上騎士的稱號代表「他」的榮譽，同時也是「他」身負的詛咒。

侍奉「理想王者」的「完美騎士」——這是人們對這名男子的期待與囑託，「他」只能以這種形象過一生。

這樣的人生不屬於當事者，而是屬於所有遵奉騎士道的人。

而「他」所侍奉的國王實在太過完美，是一名無可挑剔的英雄人物。『湖上騎士』當然不可能會對拯救國家免於毀滅，當世獨一無二的『騎士之王』懷有叛意。

「他」對完美的主君奉獻忠誠，雙方締結了尊貴的友情。

但是「他」也明白騎士道的尊榮背後有一名悲傷的女性正受到踐踏，甚至被世人忽視。

到了這個地步，已經不知道究竟哪種理念才是正確。

應該徹底拋下兒女情長，貫徹理想；還是應該不惜背信棄義，珍惜所愛。

就在「他」掙扎煩惱，白白浪費時間的時候，最糟糕的結果終於降臨在「他」身上。

有人策畫陰謀將王妃的不忠公諸於世，企圖扳倒國王。為了救出被判死刑的王妃，只能選擇與國王為敵——就這樣，「他」失去了一切。

背叛的騎士──

「他」的不忠不義打亂圓桌的和諧，開啟了最終導致國家敗亡的戰亂。人們都習慣帶著嘲諷的語氣這麼稱呼「他」。

這個罵名烙印在過去的歷史中，永世無法昭雪。

所以她的淚水依舊未乾，她責備自己讓一名曾經身為『完美無瑕之騎士』的男性走上歧途。

到頭來，他究竟做了什麼──只不過讓心愛的女性永遠悲傷慟哭而已。

至少如果「他」不是騎士的話，是否就能成就這段戀情呢？

如果自己是個恬不知恥的低下之輩，或許就可以毫不猶豫地羞辱那名聖主，帶走王妃。

但「他」卻是騎士，而且是一名太過完美的騎士。

國王是「他」的情敵，讓心愛女人步上荊棘之途的元凶。但是「他」卻始終無法對國王懷有一絲怨恨，從未有過。

沒錯，「他」如何能譴責那麼聖明的君主呢？那名盛譽之王總是比任何人更勇敢無懼，比任何人高貴剛正，在苦難的時代中開創出嶄新天地。

清廉而公正，重信義而不流於私情，從未犯過錯的中庸王者。

國王始終未曾怪罪於「他」，就連「他」被逐出圓桌之後兵刃相向也是為了昭示公平而不得已做出的痛苦決定，並非國王的本意。雖然「他」犯下的背叛行為罪無可赦，但是直到最後國王始終以高貴的友誼對待「他」。

這叫「他」如何能仇視、如何能怨恨這麼一名「剛正不阿」的聖主呢。

但是——這麼一來「他」的遺憾與那名女性的悲傷又該何去何從？

這份悔恨被「他」帶進死後的世界，於時間大河的盡頭被摘取出來，在一個沒有開始也沒有結局的地方不斷折磨著「他」……終於，從遠方傳來一道呼喚的祈禱之聲。

來吧，瘋狂的禽獸。

來吧，執著的怨靈。

那道聲音從時間盡頭召喚「他」。

就是那道聲音喚醒了「他」過去的願望。

如果我根本不是騎士的話。

如果我只是一頭低賤野蠻的禽獸、一隻墮落於畜生道的惡鬼，是不是就能完成那件永世抱憾的願望呢？

沒錯，瘋狂正是救贖的搖籃。

如果身為野獸，就不會覺得迷惘；如果不覺得迷惘，也就不會感到痛苦。只要可以化作一頭不受眾人矚目期待，順從自身欲望任意行動的禽獸——

這道願望成為一座橋梁，與時空盡頭的祈禱結合。此時此刻「他」正身處於一個不知名的戰場上。

「他」已經忘了自己的姓名，也忘了自我警惕的誓言，只知道徹底發揮自身爐火純青的殺戮戰技。「他」沒有自尊，不會對此感到羞恥；也沒有心靈，不會對此感到後悔。這就是現在被稱為『Berserker』的「他」。

沒什麼好後悔的。這種墮落、這種解脫正是「他」過去所渴望的。

更別提命運是如此地狡獪難測，竟然籌劃了這麼一齣諷刺的相逢戲碼。

「……Ar……thur……」

就連自己脫口而出的呼喚究竟代表什麼意思，「他」都想不起來了。

但是「他」知道現在跪倒在大雨中的白銀劍士就是與自己長年恩怨糾葛不清的對象，只有這一點絕對不會認錯。

那張華美的臉龐還有被眾人寄予厚望與祈願的亮眼丰姿，現在正屈服在絕望之下。王者得知被隱瞞的因緣真相，得知埋葬在黑暗之下的仇恨，現在已經忘了王者的

自尊，因悲傷而哀嘆。

——你這麼恨我嗎？吾友——

沒錯，我就是想看你這副模樣——「他」心中的野獸正在哀號、心中的騎士正在慟哭。

你終於明白了吧。過去有人終日垂淚，只為了讓你更加風光。也有人為了你，扼殺自身的真心，消磨一生、哀苦一生。

為了對那個人發洩經年累月的無盡仇怨，墮落黑暗的騎士舉起充滿恨意的魔劍。

——甚至變成這種可怕的模樣，不惜墮落都要恨我嗎？湖上騎士——

當然。是啊，那當然。

如果那時候不是以騎士，而是以一名男性的身分——

如果那時候不是以忠臣，而是以一名凡人的身分痛恨你的話——

說不定我就可以拯救她了!!

-03：54：28

關於言峰綺禮的戰術分析——情報來源是曾經與他交手兩次的久宇舞彌。

遠距離使用黑鍵投射。一次投射所需的時間包含預備動作不到零點三秒，連續投射所需時間已經確定在零點七秒之內可以射出四支黑鍵，就算肉眼看不見目標也不影響攻擊能力，半靈體的劍身威力足以刺穿鋼骨。如果沒有身陷幻術的話，命中率是——百分之百。

近距離戰使用八極拳。詳細狀況不明，但是功力已臻化境。一擊就能把手持刀刃的舞彌打成重傷。寸勁的破壞力只要三下就能打斷一棵大樹，非常危險。

包裹全身的僧袍經過防彈加工，還外加咒術防護處理。9mm 的軍用彈打不穿，也無法藉由衝擊力道達到壓制的效果。

其他事前諜報活動的成果——根據遠坂時臣傳授魔導的成果報告，言峰綺禮對魔術的熟練度是即將完成見習課程的程度，比較出色的項目只有靈體治療一項。切嗣推測如果他有什麼手段可利用於魔術戰鬥，就只有增強肉體機能來強化原本既有的戰鬥技巧而已。

最後是戰略預測。

衛宮切嗣至今徹底隱藏自己手中的籌碼，就算言峰綺禮得到什麼關於切嗣戰術的分析資料，應該也只限於謠言或是傳聞之類。在這次的聖杯戰爭當中，切嗣只在對付艾梅羅伊爵士的時候動用過一次「祕招」。那時候艾因茲柏恩城的結界還相當嚴密，能夠阻擋Assassin潛入。再加上綺禮本人當時也正身陷與舞彌以及愛莉斯菲爾的戰鬥當中，無法脫身。就結論來說，可以斷定綺禮對固有時制御以及起源彈沒有任何事前認知，也沒有準備任何應對方法。

——以上就是衛宮切嗣面對最終決戰時可供參考的各項情報。

雙方的第一手攻擊是黑鍵對槍彈，綺禮當然明顯落於下風。但是如果綺禮掌握什麼魔術可以推翻武器的優劣差距，他就不會顧忌切嗣的槍口，直接採取行動縮短雙方距離。

果不其然，代行者將六支黑鍵如同雙翼般高高舉起，從正面朝著切嗣直衝過來。他一定是有辦法擋下切嗣的第一次攻擊才這麼做。

這樣正中切嗣下懷。他的禮裝射出的魔彈就是要對方**有所防備**才能發揮一擊必殺的效果。

切嗣確信自己如果先出手的話一定可以搶占上風，將Contender對準敵人，扣下

扳機。綺禮想必已經從切嗣的殺氣與預備動作看穿彈道了吧，像聖堂教會代行者這種人型修羅戰鬼，一瞬間的判斷速度甚至還凌駕於槍彈之上。

綺禮發動魔術，明顯到一看便即一目了然的程度。

他雙手中所握的六支黑鍵劍身一口氣漲大好幾倍。他在原本就是魔力形成的半實體劍身裡另外注入超出一般程度的魔力，加以『強化』。這種手法相當粗暴，明顯超出武器本身的容許範圍，但是只要能擋下一顆子彈就夠了。綺禮把粗大化的六柄劍交疊在胸前，展開成扇形，完全封殺點 30-06 Springfield 彈的強大破壞力。

子彈彈開時迸出激烈的火花。接下來，無法承受過多魔力灌注的黑鍵全數碎裂。

以刀劍擋格槍彈的絕技雖然漂亮，但是在這時候卻成了決定性的敗因。連魔術刻印都沒有的綺禮硬是使出這種超出想像的蠻招雖然讓人驚訝，但是這一招將會化為更致命的反作用力，最終破壞綺禮的魔術迴路。綺禮的魔力一接觸到衛宮切嗣的「起源」就會失控，轉眼間把他自己的肉體毀壞殆盡——照理說應該如此才對。

當切嗣看見黑色僧袍的身影從六支毀壞的黑鍵碎屑中繼續猛衝過來時，不禁大吃一驚。

「Time alter（固有時制御）——double accel（二倍速）！」

在他心中迷惑之前，脊椎反射動作已經搶先發動了咒文。

切嗣在千鈞一髮之際飛身後退。綺禮飛起的右踹腳在他鼻尖之前轟然破風掠過，緊接著追擊而來的左踹腳也沒能踢斷切嗣的脖子。綺禮得意的連環腿之所以落空，完全是因為被切嗣的倍速移動所迷惑而錯估了攻擊距離。

這真是出乎切嗣的意料之外，魔槍Contender所射出的『起源彈』竟然沒有效果——切嗣想不到原因為何，綺禮也無從得知他的訝異。想必連綺禮都沒想到自己得到的特殊性質魔術竟然在無意間破解了切嗣的王牌吧。

綺禮原本並非正規的魔術師，就連魔術迴路都開發不完全。他為了在臨時場合使用魔術，把從璃正身上得到的預備令咒挪用當作魔力源。結果令咒用完就丟的特性卻救了綺禮一命。當術法發動，起源彈與術法接觸而產生作用的時候，做為魔力來源的令咒早就已經從綺禮的手腕上消失了。

切嗣原本計畫第一招就撂倒敵人的計策完全被打亂，不得已只好另想辦法。但是他不考慮反擊，雖然綺禮的攻擊沒有打中，不過切嗣一眼就看出他的踢腿威力萬鈞。身為一名拳法家，這個男子的功力非常人所能及，切嗣在近身戰中毫無勝算。

切嗣不顧之後等著他的「反作用力」傷害，持續發動固有時制御，一口氣脫離綺禮的攻擊範圍。總之必須先拉開距離才行，如果是黑鍵投射的話至少還有辦法應付。這場戰鬥完全就是「距離」的拉鋸戰，切嗣一後退，綺禮就進逼。既然雙方的最佳攻

擊位置完全不同，彼此的腳力就決定了局勢優劣之分。

切嗣最仰賴的就是固有時制御的機動力。首先要先爭取足夠的距離好讓他裝填Contender的彈藥，然後找一個敵人的拳頭碰不到，而且無法光憑預測躲開彈道的近距離確實收拾對方。就算沒有魔彈的效果，這顆足以打死大型猛獸的狩獵用彈藥具有強大的貫穿力，即便是舞彌的報告中提及的防彈衣也不可能擋得住。切嗣明知連續使用固有時制御等於自殺，但是現在他也別無選擇。

但是——在這時候，切嗣依然錯估了言峰綺禮這名男子有多危險。

之前綺禮之所以踢空，純粹只是因為錯估切嗣的動作速度，使得他算錯攻擊距離，絕對不是因為切嗣的速度快到讓他跟不上。只要知道對方是以等倍速活動——接下來就只要依這個速度測量雙方距離而已。

結果就是導致切嗣被迫第二次嘗到驚愕的滋味。

雙方的距離在五步以上，身材修長的代行者只用一步便越過切嗣以為安全無虞的距離。這種看起來雙腳根本沒有移動就能滑過地面的步法就是『活步』，正是八極拳的祕門絕技。

穿著僧袍的修長身影如同死神般滑進一臉錯愕的切嗣懷中。這種最近距離能讓八極拳發揮最大的效果。雙拳以窮極八方之威，衝破敵防……

綺禮踏出的震腳在混凝土地上踩出如同雷鳴般的聲響，有如岩石般堅硬的縱拳倏出，直接打中切嗣的胸膛。這一招是金剛八式的衝槌，破壞力幾乎等於一顆手榴彈在胸口炸開。切嗣的身體被震開，宛如一根稻草飛過半空中，撞上周圍的其中一根支柱，落地時根本無法護身。那一記鐵拳一擊破壞切嗣的胸腔，把肺部與心臟全都打成一團碎肉。

綺禮感覺緊握拳頭上的死亡觸感，緩緩吐氣，收斂心神。即便是千鈞一髮的生死戰鬥，決勝也只在一瞬之間。這實在讓人感到空虛，他之前明明就像發了瘋似地這麼期待這個結局的到來。

鬆弛感讓綺禮的注意力降低。他壓根兒就想不到竟然有人趁這個機會奇襲，也不知道下一個遭遇驚訝的人竟然就是自己。

雙眉間突然感到一陣劇痛，濺出的深紅色彩擋住了視線。

綺禮還沒來得及察覺發生什麼事，耳中傳來的槍聲先讓他舉起雙臂擋住頭臉，9mm 的子彈雨無情地打在手臂上。克維拉纖維與防護符咒保護的兩隻手臂雖然勉強擋下槍彈，但是近距離槍擊造成的腦震盪，還有更重要的是**被死屍攻擊**的震驚讓綺禮的反應慢了一步。

對切嗣來說，他也沒料到自己竟然會**死而復生**。在綺禮搶進他懷中的時候，他就

知道自己難逃一死。事實上，他的心臟與肺臟的確已經被完全破壞，只剩下臨死前的痙攣而已。

但是就在腦子失去血液流通缺氧死亡前的幾秒鐘之間，藥石罔效的重傷竟然完全復原。原因當然不是切嗣自己行使了治療魔術。他對這個奇蹟雖然感到驚訝，但卻毫不懷疑，因為他馬上明瞭發生了什麼事。

寶具『脫俗絕世的理想鄉』——亞哈特老人交給切嗣當作召喚Saber的聖遺物，在那之後一直保護著愛莉斯菲爾肉體的聖劍劍鞘。切嗣與妻子訣別的時候，愛莉斯菲爾把這件具有超凡治療能力，甚至能阻絕衰老的寶具交給他。因為切嗣是Saber真正的召主，封入切嗣體內的劍鞘經由通路接受Saber的魔力供給，完全發揮出百分之百的功效。

雖然切嗣早就知道劍鞘的效果，但是並沒有實際確認過。他根本沒料到劍鞘竟然連幾乎當場死亡的損傷都能修復，也想不到這場戰鬥竟然還可以回到原點。其實最值得讚嘆的是切嗣的思考能力，在他發覺自己復活的當下立刻便想出欺敵的戰略。他在重新開始呼吸的時候忍住劇烈咳嗽，也沒有張開眼睛，就這麼裝成屍體的模樣等待奇襲的機會。

最讓切嗣感到扼腕的是右手的Contender還沒裝填子彈。如果想要完全攻其不

備，只能用左手從懷中的槍套迅速拔出 Calico 衝鋒槍開火攻擊。而且綺禮的防彈對策那麼完備，他只能把目標放在頭部。

不自然的姿勢、完全仰賴直覺的射擊再加上目標不大的三重困難，讓射擊名手切嗣錯失一擊必殺的大好良機。子彈雖然擊中綺禮的額頭卻沒有打穿，只打破額頭的皮膚而已。頭蓋骨的構造有弧面，打中頭蓋骨的子彈偏離有效角度是常有的事情。這就是實戰射擊中原則上不對頭部開槍的原因。

在切嗣知道沒能一槍打死綺禮的時候，他立刻把 Calico 的選擇鈕切換到全自動射擊模式，以持續不斷的牽制射擊封鎖綺禮的動作。右手手指同時把勾鐵一勾，甩開槍身把空彈殼排出。光是只憑一隻左手控制衝鋒槍如脫韁野馬般的瘋狂後座力就已經十分困難，切嗣的右手卻還能迅速進行完全不同的作業，就是這種鍛鍊讓他成為完美的戰鬥機械。

不只如此，他的精神就好像是與左右兩手完全不同系統的迴路一樣，以極高的集中力詠唱祕技咒文。

「Time alter（固有時制御）—— double accel（二倍速）！」

切嗣體內的時間產生遽變。為了把從強敵手中搶到的一絲空隙活用到最大程度，他拚死扭轉天理，傷害自身。

切嗣鞭策因為加速而火燙的四肢，由地面上彈跳起來，接著向後退拉開距離。Calico 的子彈打完了，綺禮重整態勢。切嗣扔下 Calico，用空出來的左手抓住點 30-06 子彈。綺禮衝了過來，速度十分驚人——切嗣在 Contender 已經打開的彈匣裡裝入子彈，關起彈匣，瞄準——

綺禮想要使用拳擊還有三步的距離。

Contender 再次發出咆哮聲。綺禮來不及閃避，也沒有機會抽出黑鍵。

打一開始綺禮就不打算閃避。

他一邊運用步法緊咬著切嗣不放，同時再度發動令咒，強化身體機能——加快反射速度，並且增加右手二頭肌、肱橈肌、旋前圓肌的瞬間爆發力。他還來不及強化防彈僧袍的強度，剩下的只能仰賴自己鍛鍊的一身功夫了。

在 Contender 擊發之前，綺禮也已經舉起右手腕。化作魔裝凶器的前臂畫出螺旋，發出破風聲響，勢道之強幾乎捲起一陣旋風。

綺禮這招『纏』勁成敗與否完全看運氣。這招原本是捲住敵人的拳頭，化開攻勢的拆解招式，他花了兩道令咒的魔力以超速揮出這一拳。

神速擊出的拳頭纏繞上初速每秒兩千五百英尺的子彈，但是點 30-06 子彈依然一邊燒裂克維拉纖維一邊繼續直進，與硬化的手腕攪纏在一起，發出如同刻磨機般的怪

異聲響。

飛散出的火花就像是物理法則瀕死的慘叫。最後高達三千呎／磅的動能終於屈服在超常的魔導之下。眼見Contender的第二顆子彈彈道偏移，飛往別的方向，切嗣感到背脊一陣冰涼。

怪物——除了這句話之外，已經找不到其他形容詞了。現在言峰綺禮的戰鬥力說不定還可以單身與死徒對抗。究竟是何種深沉的執念才能讓活生生的血肉之軀鍛鍊成如此可怕的凶器。

突來一陣劇痛讓切嗣忍不住發出呻吟，踉蹌了幾步。持續扭曲的體內時間終於遭到外界的修正，全身到處都有血管破裂。四肢的筋骨一直承受不當的負擔，接連斷裂。

但是綺禮也沒有趁此機會搶攻。他停下動作，好像在打量對方要如何出招。右手腕的僧袍被扯裂，手上大量出血。想來是因為對魔術的拿捏還不成熟，卻使出過度魔力的關係吧。雖然化解Contender的一擊，他所付出的代價就是右手承受超出極限的強化魔術，受到嚴重的傷害。

兩人一邊四目相對，盤算著下一波攻擊的時機，同時預測戰局的演變。

綺禮分析切嗣的籌碼——某種加快行動速度的魔術，再加上連心臟被破壞都能即時再生的超強復原能力。既然這樣，就算是能夠造成致命傷的要害，胡亂攻擊一通想

必也沒用，想要打贏只能使出足以瞬間破壞腦部的攻擊。相較起來，自己的耗損狀況……右手的肌腱到手骨盡皆受損，就算拚著手骨粉碎的覺悟也只能攻擊一次。另外額頭上的傷口雖然輕微，但是流出的血液卻妨礙了左眼的視線。接連不斷的槍擊雖然讓僧袍的防彈能力受到相當程度的耗損，但是貼在內裡的防護符咒還在。黑鍵剩下十二支，預備令咒還剩下八道。

切嗣分析綺禮的籌碼——讓起源彈無效卻還能夠發動的奇怪魔術、已臻高手境界的八極拳，打近身戰的話對自己絕對不利。相較起來，自己的耗損狀況……失去一挺Calico、Contender需要再裝填彈藥。剩下的武裝還有一口刀與兩枚手榴彈。最初的攻擊所造成的胸口傷勢似乎已經回復到不影響活動的程度，但是固有時制御造成的傷害——

切嗣在手腳上施力調查四肢肌腱的狀況，此時他才發覺有異。

可以動，完全沒有問題。剛才的確已經斷裂的筋骨現在一點都不覺得疼痛，好像一點損傷都沒有——不對，只有一點痛覺殘留，但是**完全沒有任何傷害**。

「……原來如此。」

這時候切嗣終於明白自己體內隱藏的王牌真正價值。看來『脫俗絕世的理想鄉』的治癒能力不止可以治療敵人的攻擊，對自我傷害也有效。這項發現對面臨超級強敵

而陷入困境的切嗣來說，可以成為他最大的活路。

這就意味著——

「Time alter・triple accel（固有時制御・三倍速）！」

在切嗣說出這句禁忌咒語的同時，他朝著綺禮撲過去。遠遠超出預料的加速度讓綺禮錯失反應機會。他下意識舉起受傷的右腕防禦如同鐵鎚般猛砸下來的Contender槍柄。堅硬胡桃木材的重擊打碎橈骨與尺骨，這次終於完全廢了綺禮的右手臂。

在右手猛打的同時，切嗣的左手從腰際的刀鞘拔出藍波刀。他認為就算綺禮的拳法再可怕，只要用三倍速攻得滴水不漏就一定有機會取勝。濫用固有時制御本來等同於自殺，但是現在他有Saber的劍鞘護身，這種打法也是一種有效的戰術。

拔刀出鞘之後的向上突刺被綺禮閃開，接下來的揮下斬擊與回刀橫砍也都被他的左手擋格。但是在這三招攻守之間，切嗣已經踏進了綺禮的左前方，這是看準綺禮失去左眼視野所想出的計策。只要不斷向左繞，切嗣就能從對方的死角肆意進攻。

雖然切嗣的凶刃刀刀要命，但是綺禮並沒有轉動身軀，全部只以左半身來接招。反正就算轉身也沒有用，因為折斷的右手不可能應付切嗣的戰刀。綺禮明知被敵人攻擊死角相當不利，但還是只能以左半身戰鬥。

銀光連閃，戰刀的連續攻擊已經快到常人都看不清楚，只在眼中留下如同閃電般

的殘影。但綺禮還是用左手防禦，招招都擋了下來。綺禮高超的功力竟然還能硬接三倍速攻擊，讓切嗣感到一陣毛骨悚然。當中幾招明明是從視線外砍過去，但是代行者的左腕就好像長了眼睛似地，精準地擋住切嗣手中的刀刃。

「這難道是──『聽勁』!?」

切嗣也曾有耳聞。當功夫達到高手境界的時候，可以不靠視覺捕捉人的身形，在手腕與手腕互相接觸的剎那間，就能預測對方下一步動作。

如果真是這樣的話，就算攻擊死角也失去意義了。只要切嗣的攻擊一直被他擋格，綺禮就與雙眼正常無異。這名男子練就的一身功夫不是光憑速度優勢就能壓倒的。

每當切嗣揮出一刀，他的手腕、雙腿與心臟都因為劇烈的疼痛而發出悲鳴。固有時制御的「反作用力」無情地摧毀切嗣的肉體。在此同時，『脫俗絕世的理想鄉』也正在修復所有損傷。雖然不曉得Saber本人使用起來是什麼狀況，但是「劍鞘」在切嗣體內能夠發揮的功效只有治療效果而已，並沒有讓「受傷」消失的防護能力。撕肉裂骨的劇痛一波接著一波，不斷蹂躪切嗣的神經。

但是切嗣的動作還是不見稍緩，他沒有必要放慢速度。只要身體還能繼續運作，什麼感覺都不是問題。切嗣把一切交給聖劍劍鞘的治療效果，一個勁兒地突破外界的時間，持續加快自己的速度。

「唔喔喔喔喔喔喔喔!!」

在不斷死亡的同時也不斷復活，劇痛讓切嗣嘶聲大吼，但是他的眼中只有面前的敵人，手中揮舞著戰刀。他的每一個動作都讓破裂後又癒合的血管灑出血沫，化為漫天紅霧。

綺禮的雙腳冷不防地交踏，讓左半身向前的姿勢反轉。切嗣本以為聽勁終於已經撐不下去，但是綺禮的腿卻從內側勾住切嗣位於前方的腳。這招漂亮的『鎖步』讓切嗣的姿勢完全失去平衡。如果切嗣不想跌倒而踏穩腳步的話，綺禮的反擊拳絕對會招呼過來。但是向後翻倒的重心已經拉不回來了。

既然如此——切嗣因為嘔血而哽住的喉嚨深處繼續唱出咒語。

「Time alter（固有時制御）・square accel（四倍速）！」

爆炸性的劇痛讓切嗣的意識沸騰，同時他的身體在地上猛踏，向後翻滾。他就這麼在空中翻身，一邊逃出綺禮的攻擊範圍，一邊用渾身的力氣擲出手中的戰刀。綺禮沒料到切嗣竟然還會再加快速度，就算用聽勁也躲不開直飛過來的刀。破風而來的刀尖直接命中綺禮的大腿，切開克維拉纖維，深深刺入肉中。

切嗣就這麼維持四倍加速，有如螺旋槳似地重複幾次後空翻，轉眼間就閃開十多公尺遠。綺禮當然不肯放過他，立刻抽出黑鍵投擲過來。但是切嗣輕易躲開黑鍵，開

始重新裝填 Contender 的子彈。
拉開勾鐵，放倒槍身。
綺禮拔足狂奔。他完全不管左腿上還插著一把刀，也不顧刀刃會挖開更大更深的傷口。
彈出的空彈殼在空中飛舞，黃銅的光澤映入眼簾當中。
綺禮的左手抽出黑鍵，一共四支。這是單手所能使用的最多數量。
切嗣把新的子彈裝入槍膛。在四倍加速的時間當中，就連子彈滑入的速度看起來都令人感到心焦。
綺禮射出黑鍵，不是朝向正面，而是射往上方。四支劍刃在大道具倉庫的挑高屋頂下如同迴旋鏢一般在空中迴轉。這不是黑鍵原本的用途，不曉得他的用意為何。已經沒時間去思考這些事了。
槍身向上一甩，關起槍膛。Contender 再次成為猙獰無比的凶器。
綺禮繼續逼近，用他的祕門步法可以在這段距離捕捉到切嗣。但是已經到此為止了，現在的切嗣還可以閃身躲開綺禮的衝刺，同時開槍射擊。
黑鍵的劍刃由頭上落下。切嗣發覺落下的拋物線如同鳥籠般將自己包圍在中間，他終於明白綺禮在打什麼算盤。

動作被封鎖了——如果想要閃躲綺禮的猛衝，躲避的方位都有黑鍵的劍刃在等著他。綺禮一開始就是想要封鎖切嗣的移動範圍才會射出黑鍵。

只有一條活路，那就是在被打中之前開槍。

切嗣把Contender對準目標。他不覺得焦急，也不害怕。全心全意只想著要射穿眼前的敵人。

綺禮的右腳在地面一蹬，向前飛躍。這招箭疾步只要踏一腳便可跨過五步的距離。落地的同時左腳可能會骨折，不過無所謂，就用下一招分出勝負。綺禮甚至已經決定不顧一切使出震腳，他想使用八大招．立地通天炮。從下顎向上頂的攻擊一定可以打碎對方的頭蓋骨。

得手了——雙方都如此確信。

死定了——雙方都同時領悟。

彼此都確定能夠殺死對方的槍與拳此時最後一次交錯。

在生死關頭搏命的衛宮切嗣與言峰綺禮，都無從得知樓上發生的異變。

他們兩人所在的大道具倉庫正上方是演藝廳的舞臺。愛莉斯菲爾冰冷的遺體就安置在那裡。

身為「守護者」的她停止生命活動，體內的內臟便迅速回復為聖杯容器的型態，等著回收剩餘從靈的魂魄。

因為 Archer 的勝利，這具容器終於收容了第四名從靈的靈魂。

封印的術式已經消失。龐大的聚集魔力光是餘波盪漾就在周圍形成高溫。

美麗人造生命體的亡骸瞬間燒成灰燼。不只如此，終於顯露出來的黃金聖杯還把地板與絲綢簾幕全都燒焦，掀起一陣火炎旋風席捲無人的舞臺。

在火勢快速延燒的舞臺上，黃金容器彷彿被一隻看不見的手捧起，漂浮在空中。就在眾人不知不覺、就連祭司都沒有的情況下，『初始三大家』長久以來夢寐以求的聖杯降臨儀式終於開始了。

同時——此時應該還緊閉未開的「門」上，出現一道如毛髮般細小，有如裂痕般的縫隙，在「門」的另一側翻湧的**物事**就從這極小的縫隙滲流進容器當中。

只能用『爛泥』這句話來形容這好似泥巴一樣的**物事**。顏色是黑色，而且是深邃無邊的黝黑。

滲出之後流下一滴，這一滴又連著一道黑泥流，接下來就有如堤防潰堤一般，奔流的黑泥轉眼間就從容器中溢出，澆淋在舞臺上。

地板的強度不足以承受這些黑壓壓的**物事**。黑泥蝕毀全新的建材，如同融化綿雪

的雨水般流進內部。

就在他要扣下扳機的那一瞬間。

就在他的震腳要踏響地面的那一瞬間。

切嗣的眼中只有綺禮；綺禮的眼中只有切嗣。

一直到最後，兩人都沒有注意到有**異物**在天花板上開了洞，從樓上流下來。

就在生死交錯的剎那間，頭上落下來的黑泥澆淋在兩名男子的身上。

-03:52:18

他的所有知覺能感受到的已經只剩痛覺了。

分不清是間桐雁夜這個人感覺痛楚，或是一個叫做雁夜的垃圾沾附在痛苦的概念上。他覺得不管是哪一個都無所謂。

他甚至不知道是哪裡感受何種痛苦、到底是什麼原因讓他這麼痛苦。就連這些前因後果都不清不楚。

呼吸好痛、心跳好痛、思考好痛、回憶讓他覺得好痛苦。

無路可逃，也無法忍耐。他覺得以前似乎還有這些東西，不過已經迷失了。或許是他自己捨棄的吧。

體內全身的蟲子都在哀鳴，痛苦地輾轉掙扎。就連這些從前一直折磨他的元凶都在垂死痙攣。

Berserker，一定是因為那個黑色怨靈的關係。Berserker現在正在作戰，他正在大肆發狂，程度遠超過召主所能提供的魔力量。蟲子因為被搾取的魔力量超過能夠精煉的魔力上限而受苦，輾轉掙扎，同時也翻攪著雁夜的五臟六腑。

但這也是莫可奈何的，他只能忍耐。

那名神父說過，Berserker 必須要作戰才行。雖然雁夜已經不記得那個人叫什麼名字，不過那名神父已經答應雁夜會把聖杯交給他。所以雁夜必須要繼續戰鬥。

聖杯——現在這已經是雁夜心中唯一一件有意義的東西了。

只要拿到聖杯的話，戰鬥就會結束。只要有聖杯的話，就可以救出櫻。

雁夜為了這個目的忍耐到今天，長久以來他一直一直忍耐著痛苦。

他覺得似乎還有其他理由，不過要回想起來實在太痛苦了。一定是因為有某個原因不能讓他想起來吧。

雁夜不知道這裡是哪裡。他應該身處在冰冷的黑暗當中，但是現在卻莫名地感到又熱又悶。空氣中傳來一股什麼東西燒焦的氣味，說不定是自己的身體燒焦了。不過沒關係，反正自己的身體已經動不了，現在重要的是 Berserker 正在作戰，以及櫻即將得救這兩件事。

櫻——啊，真想再見她一面，看看那孩子。

但是凜不行。不能和凜見面，他已經沒臉去見凜了——不對，這是為什麼？

只是腦中思考，雁夜就感到劇痛傳來。他的腦子、意識與靈魂都在軋軋作響。

有哪裡不對勁。有一件非常重要的事情毀壞了、崩解了。

短暫陷入這種異樣的感覺之後，雁夜的思考又被無盡的苦痛漩渦逐漸吞沒。

好痛——

痛得要命——好難過——

這已經是第幾次被打飛到空中。

這已經是第幾次被狠砸在地上。

Saber已經不再去計算，她甚至連記都沒有去記。

究竟是誰大言不慚地說她是最優秀的劍之從靈——現在的她根本就像一艘在海上載浮載沉，被大風巨浪戲耍的小船，就這麼任由Berserker手中高舉的漆黑長劍一次又一次地痛擊，打得她直不起腰、站不起身。她根本無法反擊，甚至無心對抗敵人，在她跌進絕望深淵的心中已經絲毫沒有一點戰鬥意志殘留了。這副悲慘淒涼的模樣與騎士王從前被歌頌為龍之化身的英姿相去甚遠，看了實在讓人不忍。

應該要去救愛莉斯菲爾。她曾經發誓過要與愛莉斯菲爾一同拿下聖杯，應該很清楚絕對不能在這裡倒下。

但是她打不贏。無論如何她都無法勝過那名男子、那口長劍。

『無毀的湖光』——與亞瑟王的『應許勝利之劍』成對，由精靈交給人類的無上寶

劍。

那口寶劍現在染成一片漆黑。整把劍滿是怨恨的魔力，墮落成狂戰士的劍。

他應該是兼具少見的高尚品德與無雙武藝的『完美騎士』才對。他是一朵綻放在騎士道這座崇山峻嶺上的美麗花朵，言行舉止與信念都是所有崇尚騎士道之人的瑰寶。

而他現在卻委身於瘋狂，血紅色的雙眸燃燒著熊熊恨火，如同禽獸般嘶聲狂吼，一邊這麼說著：

我痛恨你。

我詛咒你。

這把揮下的劍充斥著毫不掩飾的露骨感情，叫她如何能閃躲。

她無法正眼看他。淚水遮蔽了視線，灰心讓雙腿喪失氣力。現在的Saber光是在瀕危時刻保護自己免於受到致命一擊就已經使盡全力了。

蘭斯洛特爵士，湖上騎士。

仔細一想，能夠看穿他真實身分的線索其實俯拾皆是。

有一段故事說他為了保護朋友的名譽，在參加騎馬競技的時候扮裝掩飾身分。還有當他落入陷阱，武器被奪走，赤手空拳面對敵人兵刃加身的時候，他也能以高深莫測的武藝只用榆樹枝就打贏戰鬥。

但是就算Saber當真發覺了，她大概也會拒絕承認吧。每個人都稱羨的他竟然被貶為狂戰士之座——她怎麼可能會承認『湖上騎士』具有成為狂戰士的素質。

她一直相信兩人是摯友，即使因為一些無法避免的理由讓他們必須兵刃相向，她還是認為兩人在內心深處是同心一志的。一方是體現騎士道的忠臣；另一方則是守護騎士道的王者。

但是這段聖主忠臣的羈絆，難道只是她單方面的美好幻想而已嗎？

他根本無法原宥，也無法接受。就連死後依然痛恨詛咒那段結局、那種悲慘的命運。

蘭斯洛特與桂妮薇雅的戀情——阿爾特利亞始終沒有把這段無奈的不倫之戀視為背信忘義。這一切都是因為國王偽裝性別的扭曲行為而起，但是必須獨自終生背負這種矛盾的人卻是桂妮薇雅。

阿爾特利亞明白這種犧牲有多沉重，她非常感謝桂妮薇雅，也對她於心有愧。桂妮薇雅的對象是蘭斯洛特甚至讓她覺得很放心。她相信如果是與國王有共通理想的蘭斯洛特，一定不會讓國家遭到危難，替她分擔責任。事實上蘭斯洛特也的確這麼做了，雖然他偏離正道，為此所苦，但仍然在暗地裡守護桂妮薇雅，扶持國王。

要不是那些企圖不利於凱美洛的叛徒策劃，這段戀情不會被當成醜聞揭發出來，

也不會逼得兩人不得不分道揚鑣。蘭斯洛特無法眼睜睜看著心愛的女性喪命；而基於國王的職責，阿爾特利亞也只能問罪於他。

誰都沒有犯錯。就是因為每個人都希望維持正義才導致這場悲劇發生。

就是因為這麼想，阿爾特利亞才能抬頭挺胸，以『王者』的身分奮戰到最後一刻。

就是因為這麼想，所以最後當她孤零零地站在那座山丘上環顧四周的血腥戰場之時，她才能向上天發出不平之鳴，訴說這種結局讓人無法接受。

她認為如果貫徹正確的道路卻無法達到正確的結局，就一定是上天的命運不公。

那麼只要利用許願機器的奇蹟就可以推翻那個命運。

就是因為她這麼相信，所以才能貫徹心中的尊嚴；就是因為她這麼相信，所以才能英勇奮戰。

但是——

「■■■■■■■!!」

面對『無毀的湖光』不停歇的重擊，Saber的聖劍發出了尖銳的悲鳴。雖然這是一把應許勝利的聖光之劍，但是握在鬥志已失的主人手中，它的真義絲毫無法發揮。

Berserker冷酷地凌遲只能屈於防守而無法反擊的Saber，現在他已經拔出了那柄解放他騎士本心的名劍，武藝之精妙與威力之強大都不是過去所能相比。就算Saber的

狀況良好，也未必能夠抵擋他的劍勢。

面對敵人威猛的劍勢，Saber 的手腳已經痛得沒了感覺，但是此時的她完全不理會，因為比這更殘酷好幾倍的打擊幾乎已經粉碎她的心志。

啊，摯友……這才是你真正的想法嗎？

你對命運這麼絕望嗎？一直那麼憎恨詛咒帶給你這種命運的國王以及國家嗎？

我們本應懷有相同的理想，共同為了拯救國家而獻出了生命。

如果我們有志一同，為什麼還會留下這麼沉重的憎恨與悔意呢？

——只顧著拯救，卻不去領導——

不，拜託你告訴我不是這樣的。

蘭斯洛特，我只希望你明白。因為你才是最完美的騎士。

我希望你能認同，說我的理念是正確的。

——放著失去目標的臣子不管，只顧著自己一個人裝模作樣——

「別說了!!」

Saber 以她幾近癱瘓的意志對抗發出破風聲猛砍而來的黑劍，聲嘶力竭地喊道：

「……別、別再說了……拜託……」

因為悲泣而顫抖的雙膝跪落於地。

已經到了極限，無法動彈了。下一次攻擊就連防禦都無能為力。

或許，那才是她的救贖也說不定。

如果他這麼不甘，這麼恨她的話——或許只有承受他揮下的一劍，血濺當場才是唯一的贖罪方法。

就在 Saber 幾乎要接受這種迷惘與放棄之時，Berserker 的動作忽然停了下來。

Saber 還有 Berserker 都不知道，就在剛才數十秒之前，藏身於地下停車場旁邊機械室裡的間桐雁夜體內的刻印蟲終於停止機能。為了讓瘋狂從靈維持於現世，雁夜被搾取的魔力量本來就已經近乎極限，在最終寶具解放之後，魔力的消耗量更是倍增，過大的負荷終於逼死了刻印蟲。

而且處於失控狀態的 Berserker，還把原本失去召主後仍能在現世留存幾個小時的預備魔力在短短十幾秒內完全消耗光。在這一秒之前，一直讓他這臺殺戮機器運作的魔力突然枯竭，使得 Berserker 就像是一架故障的機械般戛然而止。

在突然造訪的寂靜中，Saber 親手感覺到 Berserker 的心跳漸趨緩慢。經由手中

緊握的劍柄，以及深深刺入黑色甲冑直至穿背而出的長劍劍刃……

任誰都沒想到這場決鬥竟然會以如此諷刺的方式決定勝負。

Saber趁機撿到了這場勝利。這種近乎不要臉的求勝欲望讓她本人深感羞恥，垂淚哭泣。

就連明知無法下手，而且也不能下手的人她都殺害了。她也已經成為了妄執的俘虜——就如同迪爾穆德臨死前的詛咒一樣，為了奪得許願機的奇蹟，甚至不惜踩過眾多屍首。這就是現在Saber的真實面貌。

「……就算如此，我還是要拿到聖杯。」

淚水滴濺在顫抖的銀色籠手上，與Berserker順著劍刃流下的鮮血交溶在一起。

「如果不這麼做的話，吾友……我就無法向你贖罪了……」

「陛下真是叫人放心不下。都到了這時候，您還為了這種理由戰鬥嗎？」

一抹讓人懷念的聲音傳來。

抬頭一看，騎士的眼神一如往日，有如平靜無波的湖水般溫和沉穩，雙眼看著痛哭失聲的國王。從靈契約失效，就在即將消滅的前一刻，他總算擺脫瘋狂的詛咒。

「蘭斯洛特……」

「……是的，真是丟臉。不過大概只有這種方式才能讓我完成願望吧……」

柔和的眼神看著刺穿自己的長劍，蘭斯洛特露出苦笑，繼續說道：

「我……很希望能接受您的親手制裁。陛下……我多希望您以自身的憤怒審判我的罪孽……」

蘭斯洛特殷切地說道。雖然他被稱為背叛的騎士、圓桌分裂的元凶，但是他唯一的摯友自始至終從來沒有責怪過他。

「如果接受您的制裁……如果您要我付出犯罪的代價……那我也會相信我能夠贖罪……總有一天……可以找到原諒自身罪孽的方法……王妃她……應該也是一樣……」

這是一對男女的悔意。他們雖然與王者懷有相同的理想，但是他們的人之心太過脆弱，無法為了理想而殉死。

兩人就這樣結束了一生，到死都無法獲得救贖。因為背叛了最珍惜的人而自責不已，抱憾終生。

這份痛悔究竟該向誰傾訴。誰又該如何譴責誰的不是呢？

蘭斯洛特深深吐一口氣，緊繃的身軀逐漸放鬆，倒入騎士王的懷中。抱在臂彎中的身軀奇輕無比，讓 Saber 為之屏息。蘭斯洛特緩緩消失的身體已經沒多少實體的重

量了。

「雖然是以這種錯誤的形式，但是最後竟然能躺在陛下的懷裡……」

湖上騎士彷彿半睡半醒地沉浸在夢幻當中，靜靜地嘆口氣說道。

「沒想到我死前還能讓國王抱著，由陛下目送我離去……哈哈，我這樣……不就像一名忠心耿耿的騎士一樣嗎……」

「說這什麼話——你就是——」

焦躁感逼迫著 Saber。在他消失之前，Saber 一定要讓他知道自己的想法，有些話一定要告訴他。

告訴他不是「就像」，而是「的確就是」。

Saber 要告訴他：你的確是一名忠心不二的騎士。你把自己的劍奉獻給國家與國王，這份尊貴我比任何人都清楚。

所以我那時候才沒有責怪你，因為你們雖然犯下禁忌的錯誤，但是你們的恩義絕對不會因為這種罪惡而褪色。

我不想羞辱你們，也不想失去你們。就是因為這麼想，所以我才會閉上眼睛，否定你們的罪。

這是阿爾特利亞最真摯的想法——但是這些話語卻無法讓騎士獲得救贖。

力盡的騎士如同沉睡般閉起雙眼，形體逐漸消散。Saber緊緊抓著尚未完全消失的身軀，卻怎麼樣都無法把心中的話說出來。

「蘭斯洛特，因為你……！」

因為你不是什麼罪人——就算告訴他這句話又有什麼意義？

因為就算全世界的人都不認為他有罪，但是最無法原諒這項罪惡的人不是別人，正是他自己啊。

為什麼無法體會他這份孤獨呢？為什麼無法將崇高無比的騎士之魂從那幾近瘋狂的自責之念當中解救出來呢？

——國王不瞭解人心——

某個人在離開圓桌的時候留下了這一句話——那究竟是誰說的話？

騎士終究還是沒有獲得救贖。隨著最後的殘光消失，他的亡骸也跟著逝去。

「——等……等、一下……蘭斯——」

看著喪失重量的雙臂中一片無限空虛的空白，Saber的雙肩震顫，淚流不止。

她連一點聲音都沒發出來；她絕不允許自己哭出聲。就連忠臣死前最後一刻都無

法好好說句話慰勞他，現在她又有什麼理由安慰自己。

身為王者，就必須是孤獨、遠離人群的——

就在她這麼告誡自己，一心一意只顧著尋找救國之道的同時，她究竟忽略了多少人的想法與苦痛呢。

高文英勇喪命、加拉哈德則是為了使命而亡。臨死之前他們心裡究竟在想些什麼。他們會不會後悔擁戴一名不中用的國王，帶著滿心不甘而死？自己又怎麼能百分之百肯定絕非如此呢？

Saber發出無聲的慟哭，悔恨化作千萬利箭刺進心中。

如果身為王者的自己懷有不同的理念——

或許結局就不會是毀滅一途？或許每個人都可以得救？

「……還沒結束……」

從喉嚨發出的聲音泣不成聲——語氣中充滿常勝之王的妄執。

「還可以補救……還來得及……我還有聖杯，還有能夠改變命運的奇蹟。」

她拄著勝利之劍，撐起身子。

就算不懂人心，就算背負不理會臣民的罵名，這些是是非非全都不重要。

只要她能把親手摘下的勝利獻給故鄉、獻給臣民——這就是她對於「身為王者的

自己」所要求的所有機能。

只要能親手取得聖杯的話就可以彌補一切，償還所有罪孽。

此時此刻，這個念頭就是選擇了王者之途的她所擁有的一切。

Saber拖著傷痕累累的身軀，邁開步伐。

-03：52：07

他不斷殺人。

用槍炮、用刀刃、用毒物、用炸彈。

刺殺、切裂、火燒、水沉、重壓。

他從未懷疑過這種行為的意義，謹慎思量殺戮的價值，為了拯救天秤傾斜的一方，淨空另一方而殺人。不斷重複一次一次又一次地殺人。

沒錯，這是正確的。為了拯救多數人而接受犧牲。如果受到保護的幸福多過增加的不幸，不就代表世界又更接近救贖一點了嗎？

就算腳邊血流成河、屍堆成山。

如果有些生命因為犧牲而獲救，那麼寶貴的應該是那些被拯救的生命才對。

「——沒錯，切嗣。你是正確的。」

驀然回首，自己的妻子就在身旁，帶著溫柔慈愛的笑容依偎在他身邊，與切嗣一

同站在屍山之上。

「我就知道你會來，我相信你一定可以到達這裡。」

「愛莉——」

這張臉孔讓切嗣既懷念又憐愛，但是他卻感到有些奇怪。是因為她那身從未見過的黑色衣裳嗎？這也是一個原因，但是切嗣總覺得他好像忽略了更要緊的事情。

對了，Saber 上哪去了？剩下的三組敵人怎麼了？言峰綺禮是生是死？他有太多疑問，到底應該從何問起才好？

切嗣只好提出他第一個想到的問題。

「這裡——是什麼地方？」

「這裡是你願望實現的地方。你一直在尋求的聖杯的……內部。」

愛莉斯菲爾愉快地笑著答道。切嗣則是啞口無言，環顧四周。

黑色爛泥如同一片脈動的海洋。

到處都是腐朽屍體堆成的小山，緩緩沉入黑泥之海。

天空是紅色的，像血一般的赤紅。在黑色的泥雨之中，漆黑的太陽支撐著這片天空。

空中吹拂的風是詛咒與呻吟聲。

如果要用言語來比喻的話，這裡——不就是地獄嗎？

「妳說這……就是聖杯？」

「是啊。不過你不用害怕，因為這就像是一場還沒有實體的虛幻夢境，還在等待誕生的時刻到來。」

愛莉斯菲爾手指著天空，向切嗣示意。那個在天空旋轉的世界中心，切嗣誤以為是太陽的黑黝黝東西其實是開在天上的「孔洞」，洞中盈滿了無止盡的深沉黑暗，龐大的質量彷彿會將所有的一切全都壓碎。

「那才是聖杯。雖然還沒有成形，不過整個容器已經滿了，接下來只要說出願望就可以了。不論收到何種願望，它都會選擇能夠實現願望的合適型態。用這種方式獲得現世的實體之後，它才能到『外面』去。」

「……」

「來，請你快點給予它『形體』。你是最有資格賜予它理念的人喔，切嗣。把你的願望告訴聖杯吧。」

切嗣不發一語，望著那個恐怖的「孔洞」。

只要是腦袋正常的普通人類絕對無法容忍那裡面的東西，可是為什麼愛莉斯菲爾

還能擺出若無其事的笑容？沒錯，最讓切嗣覺得奇怪的就是這張笑臉。

那是因為——

「……妳是誰？」

切嗣以憤怒壓抑恐懼心，向眼前的妻子開口問道。

「如果聖杯已經準備完成，愛莉斯菲爾應該**已經不存在**才對。那麼妳到底什麼人？」

「我是愛莉斯菲爾，你可以把我當成是愛莉斯菲爾。」

切嗣將右手的魔槍——他與綺禮戰鬥時就握在手中的 Contender 槍口指著對方。

「少給我敷衍了事，快回答！」

面對充滿殺意的槍口，黑衣女子寂寥地笑了笑，彷彿因為切嗣逼問這件事為他感到可悲。

「……你說的對。我不否認這是一張假面具，如果我不用一個既有的人格當作『外殼』披上的話，就無法與他人溝通。為了把我的希望傳達給你，我只能裝成這副模樣。但是我所記錄的愛莉斯菲爾人格的的確確是真正的她。在她消滅之前最後接觸的就是我。所以我繼承了愛莉斯菲爾最後的願望，因為我的天職就是實現『希望如此』的願望。」

切嗣不是以理論，而是以直覺理解這段告白。

這個出現在「聖杯內部」，自稱「誰都不是」的存在——

「——妳是聖杯的……意志嗎？」

「是的，你這麼解釋也沒有錯。」

長得與愛莉斯菲爾一模一樣的物事滿意地點點頭。但是另一方面，更加不安的困惑卻讓切嗣的眉頭深鎖。

「這怎麼可能。聖杯應該只是一股純粹無色的『力量』才是，怎麼可能存有意志。」

「以前或許是那樣沒錯，但現在已經不同了。我有意志，也有願望。我的意志就是『希望降生於這個世上』。」

「怎麼可能……」

太奇怪了，一定有什麼地方出了問題。

如果她所說的是事實。那這就不是切嗣一直渴望得到，可以隨心所欲的「許願機器」。

「——如果妳有意志的話，那我問妳，聖杯打算如何實現我的願望？」

愛莉斯菲爾側著頭，露出一臉莫名其妙的表情，彷彿聽到一件十分不可思議的問題。

「這件事——切嗣，你自己應該比任何人還要清楚，不是嗎？」

「……妳說什麼？」

「你這個人的存在本身就與聖杯非常相近，所以現在就算與我聯繫在一起也還能保持理性。如果是普通一般人的話，在淋到那些黑泥的時候早就已經精神崩潰了。」

愛莉斯菲爾看起來既明朗又輕快，帶著祝福的語氣說道。

看著她的笑靨，切嗣的心中不知為何異常忐忑不安。

「你應該早就很明白要如何拯救世界了。所以我會依照你以前的做法，接受你的理念，實現你的願望。」

「妳——在說什麼？」

切嗣無法明白。他怎麼樣也不願意去了解這是什麼意思。

「回答我，聖杯打算做什麼？如果那玩意兒降臨在這世界上，到底會發生什麼事!?」

兩人的對話無法契合，始終在原地打轉。愛莉斯菲爾無奈地嘆口氣，點頭說道：

「——沒辦法。既然如此，接下來只能請你去問問你自己的內心了。」

細白的手掌遮住切嗣的眼前——

世界轉為一片黑暗。

在大海上有兩艘船。

一艘船上有三百人，另一艘船上則有兩百人。總計有五百名乘客，另外還有衛宮切嗣，假設這五百零一人是人類最後的生存者。

那麼請你擔任衛宮切嗣的角色，解答以下的問題。

「兩艘船的船底同時開了一個無法修補的大洞，只有衛宮切嗣懂得修復船隻的技術，但是在你修理一艘船的時候，另一艘船就會沉沒。請問你會修哪一艘船呢？」

「……當然是載了三百人的船。」

「你一決定這麼做，另一艘船的兩百人就會抓著你，向你這麼要求：『先修好我們這裡的船』。請問該怎麼辦呢？」

「這個……」

在切嗣還沒開口說出答案之前，一把Calico衝鋒槍出現在他手中。

切嗣愣愣地看著槍枝好像一部自動機械一樣，猛然從槍口中噴出火炎。

從槍口射出來的每一發子彈都打死四個人，轉眼就把兩百人殺得一乾二淨。

「——正確答案。這才是衛宮切嗣。」

切嗣呆呆看著滿載死屍的船隻沉入海中。他覺得甲板上倒落一地的屍體似乎全都是熟悉的臉孔。

「接下來，存活下來的三百人捨棄破損的船隻，分別搭上兩艘新船繼續航海。這次是一艘兩百人，另一艘一百人。但是這兩艘船的船底又同時破開一個大洞。」

「喂……」

「搭乘小船的一百人綁架你，強迫你先修他們的船。請問該怎麼辦呢？」

「這種事……但是……」

刀光一閃、炸彈爆炸，一百個人成了海底的藻屑。這就是衛宮切嗣的做法。就像他從前不斷重複的行為一樣，展開殺戮。

「——正確答案。」

「胡鬧……這簡直胡鬧！」

這樣哪裡正確。

殘存者兩百人。為了這兩百人，有三百個人喪命——這麼一來，天秤的秤盤就反了。

「不，計算並沒有錯誤。你的確是為了拯救多數而選擇犧牲少數。來看下一道題目。」

遊戲管理人繼續說道，完全不理會切嗣的抗議。

一百二十人與八十人放在秤上，切嗣虐殺了那八十人。

接著是八十人與四十人，『魔術師殺手』親耳聽見那四十人發出臨死前的慘叫聲。每一張臉孔都似曾相識，那些都是他過去親手殺死的人們。

五十人與三十人——

三十人與二十人——選擇題不斷進行，犧牲者不斷增加，屍山不斷累積。

「這就是……妳想讓我看的東西嗎？」

切嗣對這場遊戲主題之毒辣甚至感到反胃，對那自稱是「聖杯意志」的物事問道。

「是的，這就是你的真理，衛宮切嗣心中的答案，也就是聖杯這架許願機器應該實踐的行為。」

「不對！」

雙手染成一片鮮紅的切嗣尖聲大叫。

「這不是我的期望！我是希望有其他辦法……所以我才認為只能仰賴『奇蹟』……」

「你自己都不知道的辦法當然不可能包含在你的願望裡。如果你想要拯救世界，就只能用你所知的手段去達成。」

「胡說八道！這樣子……這樣子算是哪門子奇蹟!?」

「這當然是奇蹟。過去你所希望，但是憑一人之手終究無法達成的行為將以人力無法企及的規模完成。如果這不是奇蹟又是什麼呢？」

剩下五個人，每一個都是以前切嗣最重視的人物。但是他還是被迫必須從選擇三個人或是兩個人。

切嗣一邊絕望地哭泣，一邊扣下扳機。衛宮矩賢的臉上開花，娜塔莉亞・卡明斯基腦漿四濺。

「妳……降臨到世上……打算……打算對全人類做出這些事嗎？妳說這就是實現我的理想!?」

「那當然。你的願望最適合拿來當作聖杯的形體。衛宮切嗣，你正是最有資格肩負『這世上所有邪惡（Angra Mainyu）』的人。」

剩下三個人，是要拯救兩人，還是要選擇一人。緊握著匕首的手顫抖不止。

切嗣的淚水已經流乾，眼神有如死靈般空洞。他揮刀切開久宇舞彌的身軀，一刀接著一刀不斷揮舞手中的戰刀。

最後只剩下兩個人還活在這世界上。

無法擺在天秤上量測的等價價值。以四九八條性命為代價，守護到現在的最後希望。

完成一切的切嗣陷入恍神狀態，就像一具空殼一樣置身於壁爐的溫暖之中。

在一個令他懷念、氣氛柔和的溫暖房間裡，「妻子」與「女兒」正在愉快地歡笑

著。

換句話說——這就是他想要的和平世界。

一個再也沒有任何鬥爭，也沒有人會受到傷害的完美世界。

「歡迎回家，切嗣。你終於回來了！」

伊莉雅斯菲爾的臉上滿是歡喜的光輝，用兩隻小手掛在父親的脖子上。

這裡是極北之地被暴風雪所封鎖的城堡，只有這裡才是安寧之處。

走過血淋淋的人生，最後找到這不存在的幸福。

如果這間小小的幼兒房就是世界的一切，就不需要再煩惱任何事了。

「——這樣你明白了嗎？這就是聖杯為你實現的願望。」

愛莉斯菲爾對同享這段幸福時光的丈夫露出美麗的微笑。

接下來只要說出願望，期望這一切發生就可以了。

希望妻子復活、搶回孩子。

對近乎於無限的魔力來說，這種奇蹟只不過是小事一樁。

接下來就只剩下幸福而已。他們一家三口將會成為最後僅存的人類，在這個一切都已毀滅的死亡之星永遠幸福快樂地生活下去。

「……已經不能再去找核桃芽了……」

切嗣看著窗外的風景喃喃自語。窗外連暴風雪的景象都已經不在，只有如同深海般黝黑的黑泥流動。伊莉雅斯菲爾笑著搖搖頭，對他說道：

「沒關係。伊莉雅只要有切嗣與母親在身邊就心滿意足了。」

切嗣緊抱著讓他深愛到幾乎瘋狂的女兒，潰堤的淚水汩汩流下。

「謝謝……爸爸也最愛伊莉雅了。我發誓，爸爸絕對是真心愛妳的。」

切嗣雙手的動作非常流暢。不管內心的想法為何，他就像是一部設計好的機械裝置一樣，把 Contender 的槍口抵在心愛女兒的小小下顎。

「——永別了，伊莉雅。」

在幼女還沒弄清楚怎麼回事之前，她的頭顱已經隨著一聲槍響而爆裂。黏著銀髮的肉片濺到切嗣哭溼的臉頰上。

愛莉斯菲爾大聲哀號。她的雙眼圓睜，披頭散髮，忘我地厲聲尖叫。

「做什麼——老公，你做什麼!?」

妻子面露凶相，向切嗣撲過來。切嗣卻反過來將她壓倒在地上，手指抓住那隻纖細的脖子。

「聖杯……不能存在這世上……」

不管這名女子的「內在」是什麼，她披在外面當作外殼的愛莉斯菲爾人格確實是

本人。真正的愛莉斯菲爾肯定也會因為女兒被殺而絕望痛哭，憎恨殺死親生女兒的丈夫。這的的確確是愛莉斯菲爾本人的感情。

切嗣雙眼直視著她的表情，一邊承受這些感情，同時把渾身的力氣施加在雙手上，緊緊掐住愛妻的脖子。

「……老公……你做什麼……為什麼要拒絕聖杯……拒絕我們……我的伊莉雅……怎麼會這樣……究竟為什麼!?」

「──因為我──」

從自己喉嚨發出的聲音無比空虛，就像是吹過空洞的間隙風一樣，沒有傷悲，也沒有憤怒。那是當然，衛宮切嗣的心中早已空無一物。他捨棄追求了一輩子的奇蹟，就連背叛奇蹟所換來的代價都不要了。現在他的內在當然不可能留存任何東西。

「我要──拯救世界──」

他只剩下貫徹至今的理念。這句話聽起來是多麼空洞不實。

愛莉斯菲爾凝視著切嗣，雪白的臉龐因為鬱血而脹得通紅。以前她看著切嗣的緋紅色雙眸總是充滿慈愛與憧憬，現在卻染上了無窮無盡的怨恨與詛咒。

「──我詛咒你──」

原本靈巧溫柔的纖細五指扣住切嗣的肩膀，黑泥從深陷入肉的五根指頭流了進去。

「衛宮切嗣……我要詛咒你……受苦吧……悔恨至死吧……我絕對，不放過你……」

「很好。」

充滿恨意的汙泥經過血管流入心臟，侵入這名一無所有的男人靈魂之中。即使如此，切嗣仍然沒有鬆手。他甚至忘了臉頰上的淚水是為何而流，一邊緊掐黑衣女子的頸項，一邊對她說道：

「就是這樣。我之前應該已經說過了——我會承擔妳的。」

女人的頸骨在他震顫的手中折斷。

景色再度產生變化。

——深深侵入心靈的心象幻夢似乎只在一瞬間就結束了。

回過神來的時候，切嗣已經站在原先的大道具倉庫。

他的右手還握著已經拉開擊鐵的Contender。言峰綺禮則是跪在他面前，不省人事。

切嗣向屋頂抬頭一望，黑泥還在四處滴落，慢慢燒焦地面。綺禮也和切嗣在同一時間受到黑泥的澆淋，他應該也看到了相同的景象。

如果那些黑泥就是從聖杯中溢流出來的內容物──那麼容器現在一定就在樓上的演藝廳舞臺上，降臨的儀式正在進行中。

他必須快點行動。

綺禮的意識恢復，正要站起來的時候，卻受到切嗣抵在背後的槍口阻擋。

綺禮馬上明白狀況，對這諷刺的局面露出苦澀的笑容。他們兩人展開那樣激烈的生死決鬥，沒想到最後決定勝負的卻只是誰先醒過來的偶然因素。

又或是──只有憑藉自身意志結束惡夢的人才能先醒過來呢。

「……你實在是愚蠢得讓人難以理解。為什麼要拒絕**那個**？」

那是一抹壓得很低，充滿憤怒與恨火的嗓音。衛宮切嗣此時第一次直接耳聞言峰綺禮的聲音。

「……你覺得那看起來像是可以接受的東西嗎？」

那是一抹乾枯嘶啞而空虛的耗弱嗓音。言峰綺禮此時第一次直接聽見衛宮切嗣的聲音。

他兩人一起接觸到聖杯之內的東西，並且領會那東西的真面目。綺禮親眼看見切嗣與聖杯的意志溝通，而切嗣做出的抉擇完全超出綺禮的理解以及容忍。

「你……！你應該是拋棄一切，不斷犧牲才走到這一步的。事到如今為什麼還能否

定那麼辛苦才到手的無價寶物!?」

「因為那東西造成的犧牲比它帶來的收穫還要更加沉重——不過如此而已。」

「那就把它讓給我！」

這時候，言峰綺禮對衛宮切嗣——這個過去或許和自己很相似，但是現在卻徹頭徹尾完全不同的男人感到深痛惡絕。

「就算對你來說沒有一點價值，但是對我還是有用的！**那東西**……如果那樣的東西誕生在世上，一定可以解開我所有的迷惑！」

綺禮明白切嗣的意圖。這個男人抗拒許願機器，甚至不惜下手殺死至親至愛之人，綺禮知道他接下來想做什麼。賭上至今他所有的一切，他絕對不允許切嗣這麼做。

「拜託你別殺它！**那東西**希望獲得生命，希望誕生於世上啊！」

連頭都不能回的神父以激動的語氣拚命企求。暗殺者冰冷的眼神俯視著他。

「是啊，你這個人才真的是——愚蠢到令人覺得莫名其妙的地步。」

指尖迅速按下扳機。撞針重擊點 30-06 Springfield 子彈的信管。

槍聲與火焰在剎那間發出。

切嗣不偏不倚地一槍從背後打穿了言峰綺禮的心臟。

-03：49：31

Saber在宛如煉獄般的熊熊火炎中前進。

Berserker造成的損傷遠超過自我再生能力能夠治療的程度。她身上那件白銀鎧甲之前從未沾到一點汙穢，現在因為被Berserker的劍一再重創，沾染狂化的黑色汙煤而褪為一片慘白，就像是失去血色的肌膚一樣。膝蓋傳來陣陣劇痛、下半身在發抖，呼吸就像是鼓風爐一樣沉重。每踏出一步都讓她痛得幾乎昏過去。

Saber的腳步搖晃不定、不時踉蹌幾步，但還是繼續往前走。

她還有任務在身，還有身為王者必須完成的誓言。能夠完成誓言的唯一方法就只有拿到聖杯，所以她鞭策自己受傷的身軀，咬緊牙根忍痛繼續前進。

Saber終於來到一樓，穿過入口，打開雙開的門扉，眼前是一間寬廣的挑高演藝廳。她的正面就是舞臺，舞臺正中央有一只閃閃發亮的金黃色杯狀物在火焰的包圍下漂浮在半空中。

「啊……」

她一眼就看出來了，那就是她魂牽夢縈的聖杯。

黃金容器是將人造生命體的肉體還原為無機物所精煉出來的。雖然Saber不知道精煉的過程，但是眼前的光景已經足以讓Saber了解一切。

她是『聖杯守護者』，早就已經下定決心將聖杯交給切嗣與Saber。與其被其他人奪走『聖杯』，就算拚死她也會努力守護聖杯吧。但是現在儀式現場看不到愛莉斯菲爾的人影，聖杯降臨的作業卻正藉由某人之手一步步地進行著。

「愛莉斯菲爾……」

想起她美麗的面容，Saber哀慟地緊咬著嘴脣。

她仗劍立誓要守護愛莉斯菲爾，但是卻未能達成。她又再次違背誓言了。

就像過去她無法拯救深愛的故國一樣——

就像她無法拯救摯友免於煩惱折磨一樣——

自責與屈辱撕裂Saber的心，同時她的腦海中浮現以前在常冬之城的回憶。那是當兩人交換誓約之時，愛莉斯菲爾向她說過的一句話。

——Saber，為了妳和妳的召主取得聖杯吧——

「……好。至少這件事……我一定會完成。至少這件事…………」

這就是現在她僅有的一切。

這就是現在讓她手中拿著劍，還在繼續呼吸心跳的唯一理由。

Saber往前踏出絕對不能踏錯的一步，就在這時候——

「——妳遲到了，Saber。就算是和以前豢養的瘋狗玩耍，不過竟然讓本王久候，實在是太不懂禮數了。」

Saber的前方，就在穿過觀眾席的走道正中央，金黃色的絕望驀然出現在眼前。

「……Archer……」

「呵呵，看妳那什麼表情。就算被本王的寶物所吸引也應該自持。這麼露骨地把欲望表現在臉上可是很沒教養喔。這樣看起來簡直就像是一隻飢餓的瘦皮狗啊。」

Saber自己也不是沒想到可能會遭逢敵人。

所有還活著的從靈必然都會聚集到這棟冬木市民會館來。就算其他對手互相殘殺，期待雙方同歸於盡也未免太過樂觀。她早就做好心理準備，一定會對上Rider或Archer其中一方。

但是——看見Archer身上的鎧甲毫無損傷，以及他一身充盈沛然的魔力氣息，Saber不禁一咬牙。

那名黃金英靈肯定毫髮無傷，別說受傷，他好像完全沒有任何消耗。Saber歷經

Berserker 一戰，滿身瘡痍的她如果想要打贏 Archer，只能把希望寄託在他先前與 Rider 激戰的影響以及耗損程度了。但是現在她在 Archer 身上找不到任何前一場戰鬥的損傷。

沒想到就連那位征服王都完全無法對他還以顏色……難道這名身分不明的神祕從靈力量竟然這麼強大嗎？

但是在這看似絕望的情況之下，幾近狂猛的憤怒依然驅使著 Saber。

Saber 已經再也不管勝算還是戰略云云了。她只是無法忍受現在還有人阻擋在她與聖杯之間。

「……給我……滾開……」

Saber 沉聲說道，壓抑的聲音滿是怨怒。幾近瘋狂的執念已經讓她那雙原本清澈的翡翠色雙眸開始染上混濁的黃綠色。

「聖杯是……屬於我的……！」

她完全不理會自己一身是傷，大聲怒吼，巴不得在咆哮的同時把 Archer 斬殺於劍下。但是她的腳步往前踏出一步，立即便有投射寶具從虛空中射過來，一擊刺穿了她的腿。

Saber 忍不住滾倒趴伏在地，但是她仍然咬緊牙根，沒有發出呻吟聲。她向四周

一望，『王之財寶』的兵器群一件接著一件從空中出現，鋒刃全都對準Saber，正等待出擊的時刻。

接下來只要主人一聲令下，無數的原初寶具就會向Saber殺過來，把她變成像刺蝟一般。Saber的左腿才被刺穿，根本無法迅速躲避。

「Saber……雖然墮落於妄執當中，趴伏於塵埃之上，妳這女人還是一樣美麗動人。」

Saber陷入九死一生的絕境。Archer血紅色的雙眸充滿難以言喻的詭異神情，凝視著她咬牙切齒的凶惡模樣。

「什麼實現奇蹟的聖杯，本王找不到任何理由非要執著於那種可疑的玩意兒。Saber，像妳這種女人本身就已經是難得一見的『奇蹟』了啊。」

Archer的語氣與這決戰生死之地完全不搭配，甚至還帶著幾分柔和，讓已經窮途末路的Saber戒心更盛。

「你……什麼意思……」

「扔下劍，成為本王的妻子吧。」

在這種局面、這種情境下，這句話簡直是天外飛來一筆，讓人始料未及。就連Saber聽到這句莫名其妙的言語都好一陣子說不出話來。

「……你、說什麼……你到底居心何在!?」

「就算無法理解，但妳至少懂得感到歡喜吧。因為賞識妳價值的人不是別人，正是本王啊。」

對Archer自己來說，這種理論想必是理所當然，一點都不覺得不可思議。黃金從靈昂然挺著胸膛，俯視自己一見傾心的女人。

「放棄那些無聊的理想或誓言，那些玩意兒只會束縛妳、傷害妳而已。從今以後妳只要向本王傾訴妳的欲望，渲染上本王的色彩。那麼以森羅萬象王者之名，本王將會賜與妳這世上所有的快樂與喜悅。」

「…………!」

雖然Saber一度還搞不清楚狀況，但是這種大言不慚的口氣已經足以讓她重新陷入狂怒。

「你這傢伙……搶奪我的聖杯難道就是為了要說這些瘋話嗎!?」

Saber大聲斥責。第二件寶具從上空飛來，在她眼前引爆，光是衝擊力道就已經將她震飛。

「本王不是在詢問妳的意願，這是本王的決定。」

Archer的表情滿是嗜虐的愉悅快感，好像就連Saber發怒反抗的模樣都讓他憐惜

不已。

打從一開始，這名超級強大的英靈在戰鬥時就沒有平等看待敵手。所謂的敵人就只是玩弄折辱，觀賞其落敗模樣的玩物。就連Saber賭上一切面對的這場死鬥，在Archer看來也只不過是一場稀鬆平常的遊樂而已。

「來，讓本王聽聽妳的答覆吧。雖然答案早就決定，根本連問都不用問，不過本王倒是很想看看妳會用什麼表情說出那句話。」

「我拒絕！這是絕對——」

一語未盡，Archer的寶具破風飛來，再度刺中Saber已經負傷的左腳。聽到Saber因為劇痛而發出的苦悶呻吟，Archer哈哈大笑。

「害臊得說不出話來嗎？沒關係，不管失言幾次本王都會原諒妳。如果想要體會侍奉本王的喜悅，首先就得從痛苦開始學起。」

在空中漂浮的寶具群搖搖擺擺地向Saber緩緩逼近，就好像在恐嚇她一樣。

忍無可忍的憤怒讓Saber的思考完全沸騰。與其接受這種屈辱被凌虐而死，倒不如拚著一死的覺悟，給仇人一點顏色瞧瞧。

如果不顧一切，動用所有餘力的話，或許還勉強可以收集足夠的魔力施展一次『應許勝利之劍』。像Archer那樣高深莫測的英靈，就算有什麼可以對抗攻城寶具的

方法也不奇怪，但是現在他沉浸在勝利的驕傲中，完全放鬆戒心，渾身都是可乘之機。他一定料想不到Saber竟然會出手反擊吧。

但是——如果從Saber現在的位置攻擊Archer，舞臺上的聖杯也在射程軌道上。就算一劍把Archer燒成焦炭，到時候聖杯也會一起被燒毀，這樣一點意義都沒有。

「該怎麼辦……！」

面對絕境的選擇，Saber絞盡腦汁苦思出路。這時候她發現有第三道人影出現在演藝廳裡。

二樓高的壁面上有一些像陽臺般突出的包廂。一道穿著長外套的身影如同亡靈般站在火炎映照出的陰影當中——那正是與Saber締結契約的真正召主，衛宮切嗣的身影。

絕望的局勢出現一線光明。

切嗣手上還有令咒的強權，對從靈施展的話就能將不可能的奇蹟化為可能。只要藉助這種魔術的力量，或許就能打破現在的僵局。

就算切嗣再怎麼與Saber不和，只要看到她現在面臨的危機也不會有第二種選擇吧。幸好Archer還沒有發現切嗣。

切嗣高舉右手，刻印在手背上的令咒發出光芒。

實際上會發出什麼樣的命令，全看切嗣的一念之間。但是Saber已經做好準備，無論切嗣想出什麼奇特的戰略，她都會全力回應。只要能夠獲得對抗Archer的支援，不管用什麼方法她都不在乎。

如果切嗣命令她屏除痛覺拚死一戰的話，Saber的肉體就會忽視一身傷勢，發揮出最強力量直到身體崩潰。如果命令她以瞬間移動迅速衝到聖杯旁邊的話，她就可以擺脫這種惡劣的不利位置。或許還能精密地調整『應許勝利之劍』的威力，不傷到聖杯只消滅Archer一人。這就是令咒。如果在召主與從靈雙方都同意的情況下使用令咒，不管任何不可能的事情都有辦法實現。Saber把最後的希望寄託在這專門實現驚奇的魔術上。

——在衛宮切嗣之名下，我以令咒命令Saber——

這陣低語不是經由Saber的耳朵，而是對她靈魂的根本產生作用。那道絕對不可能聽錯的聲音發出堅決且明確的宣言。

——命妳以寶具破壞聖杯——

不管從任何角度解釋，Saber 都不明白這句言靈的意義，她的思考頓時陷入一片空白。

「……什……？」

旋風颳起，掃開周圍的火炎。風王結界解除，露出金黃色的聖劍。

就算 Saber 的思考拒絕理解，但是她從靈的肉體也會毫不猶疑地接受令咒的機能。神劍完全不理會執劍之人的意願，不斷聚集光束。

「怎麼可能——妳想做什麼!?」

見 Saber 拔劍，就連 Archer 都大吃一驚。因為他滿心以為只要背對著聖杯，Saber 就不敢使用絕招。

「…………不對!!」

Saber 大喊，聲嘶力竭地大叫。黃金聖劍高高舉起，在舉到最高處時停下動作，彷彿僵住似的。

身為傳說中的騎士王以及最強職別的劍士從靈，她所具備的特級抗魔力在緊要關頭甚至擋住了令咒的束縛。她以一身力氣封鎖全身上下的肌肉，阻止身體揮劍。強權與抑制的兩股力道彼此衝撞，在 Saber 體內瘋狂肆虐，幾乎撕裂她那細瘦的身軀。

這種劇烈的痛楚、超乎想像的苦痛與壓力讓 Saber 想起迪爾穆德・奧・德利暗的

死。她現在正親身體會那位不幸英靈曾經遭遇過的悲苦與屈辱。

Saber 一邊拚命忍受強大的魔術折磨全身，一邊凝視站在包廂座位的切嗣，叫道：

「這是為什麼!?切嗣——你竟然……為什麼!?」

不可能，他不可能下這種命令。

衛宮切嗣應該與 Saber 同樣需要聖杯才對。為什麼到了這關鍵時刻，他居然拒絕聖杯？為什麼到了這時候，他居然要阻止愛妻奉獻出生命的儀式完成？

難道連那時候他吐露的深切祈願也都是謊言嗎？

Archer 發現 Saber 的異狀來自於令咒的作用，這才驚覺衛宮切嗣的存在。

「可惡的雜種，居然敢來妨礙本王的婚禮！」

剛才還對著 Saber 的寶具群全都一起轉向，瞄準切嗣所在的包廂。

但是就在殺戮的寶具大轟炸解放前一刻，切嗣再度將右手手背朝向底下的 Saber——露出最後一道令咒。

——以第三道令咒再次命令妳——

「不要——————!!」

眼見自己的驕傲與希望即將破滅，Saber大聲悲喊，淚灑當場。

——Saber，破壞聖杯——

這種狂猛的威力已經沒有任何人可以抵擋了。

Saber哭喊著。雙重增幅的令咒強制力蹂躪壓榨她的身體，抽出她身上殘餘的所有魔力，收聚成一道破滅之光。

光束如同脫韁的野馬，橫越整個演藝廳，直接命中漂浮在舞臺上的聖杯。先一步逃到安全範圍的Archer雖然免於遭受直擊，但是雙眼還是被近距離的高亮度閃光遮蔽，錯失處死切嗣的幾會。

從前屬於愛莉斯菲爾身體一部分的聖杯根本無法抵抗灼熱的閃光，就這樣靜悄悄地失去形體消失了。Saber的雙眼緊閉，不忍注視聖杯的下場——最後的希望就在此時破滅，她的戰爭結束了。

這叫她如何能眼睜睜目睹這種慘不忍睹的結局呢。

事實上，她再也沒有睜開眼睛。Saber的寶具因為違反本人的意志強制發動，把

剩餘的魔力完全用罄，就連維持從靈肉體的餘力都被耗光。Saber已經沒有能力，也沒有意志留在這個世上了。與她締結契約的召主當然也無意挽救她。

Saber的身體就這樣維持揮劍的姿勢，從現世分離出去，實體迅速消失。

在Saber逐漸與現實世界喪失聯繫的同時，她心中浮現的最後想法是對衛宮切嗣這個人的不解之謎。

與女兒快樂玩耍的父親、深得愛妻信賴的丈夫、期望救世的戰士、對正義絕望的殺手。他身上雖然可以看到這些矛盾的人性，但是在最後關頭，他又背叛、否定了這一切。

到頭來，Saber對他這個人能夠了解的，就只有他的冷酷無情而已。

直到最後，他們兩人始終無法交心，建立信任關係——不，應該說到了最後，她反而弄不清自己召主真正的想法。

不過，這也難怪——

在逐漸消散的意識中，Saber自嘲。

她與這名男子的緣分僅限於三道命令，又能了解他什麼呢？就連從前在身邊侍奉自己，關係更加親近的人在想什麼她都看不清了。

或許……這所有的一切都是這名「不明白人心的國王」所必須承受的一場漫長又

曲折的懲罰。

× ×

Saber身心受創，一無所得地消失了。對她來說，如果有什麼事是值得安慰的，大概只有不用親眼目睹接下來發生的慘劇吧。

『應許勝利之劍』的劍光不只破壞了聖杯，還把上舞臺的天花板射破，就這樣射穿整個市民會館，將建築物一分為二。已經延燒許久的建築無法承受這種重創，樓上的結構體開始崩潰。失去支撐的屋頂如同雪崩一般向演藝廳內部垮下來。

在崩落的磚瓦中，切嗣在露出的夜空上看見了「那樣東西」。

黑色的太陽——在他與黑泥接觸的心象世界當中，那東西象徵這個世界的終結。

雖然切嗣到最後仍然無從得知，但是那黑色太陽的實體其實是一個「孔洞」。那是一個空間隧道，連接降臨儀式的祭壇與深藏於深山町西側圓藏山地下的『大聖杯』。大聖杯在這六十年中不斷吸收地脈的大源魔力，現在又接收六名英靈的靈魂，內部已經盈滿龐大無比的魔力漩渦。這就是那黝黑蠕動「物體」的真面目。

從艾因茲柏恩的人造生命體體內取出的『容器』，結果只不過是開啟那個孔洞的鑰

匙以及穩定孔洞狀態的控制裝置罷了。切嗣因為不知道這件事而犯下致命的錯誤，他應當指示Saber破壞的對象不是聖杯容器，天上的孔洞才是『應許勝利之劍』必須殲滅的目標。雖然失去『容器』的控制使得黑色太陽開始融解，愈來愈窄小，但是在孔洞完全關閉之前，已經沒有任何方法可以阻擋黑泥從孔洞的另一端溢流出來了。

原本這只是一道無屬性的力量，用來從這個世界打開一個通往『外面』的開口。但是因為過去種下的一顆錯誤種子，讓這股力量徹底染上黑暗詛咒的色彩。

這就是被『此世所有邪惡』的詛咒所汙染的黑泥。燒毀所有生命的毀滅力量現在形成了一道激流，如同瀑布般澆淋在市民會館上。

站在一樓座席的Archer根本找不到任何地方躲避黑泥的洗禮。

「什……什麼……!?」

面對泥水飛濺、洶湧而來的黑泥浪潮，黃金英靈束手無策地被沖走。不對，片刻之後就連他漂流的身影都不見了。Archer的身體在接觸黑泥的那一瞬間就被分解吸收，喪失立體感與輪廓，與黑色泥流同化。

位在包廂而倖免於難的切嗣，只能呆呆地看著翻湧的黑泥如同海嘯般吞沒整個演藝廳的一樓座席。自天空降下的詛咒瀑布未見停歇，演藝廳溢出的黑泥化作一條黑河，從市民會館的入口流出，擴散到周圍一帶的街區上。

殺戮於焉展開。

此時人們正在享受安眠的時刻。死亡黑泥嗅到他們的生命，化為灼熱的詛咒攻擊他們。

燒毀住家、燒毀庭園。不管是正在睡覺的人或是醒來想要逃跑的人，全都被燒得屍骨無存——在大聖杯內等候了六十年的那物體好像在享受片刻的自由解放，將觸手可及的所有生命全都殺得乾乾淨淨。

事後證實死亡人數大約五百多人，燒毀的建築物實際上有一百三十四棟。這場大災害的原因始終未解，在冬木市市民的心中留下深刻且久遠的傷痕。

過了不久，天上的孔洞消失，泥流也不再流出。但是黑泥所造成的火災依然火勢不滅，逐一掠捕四處奔逃的人，將他們化為一具具焦黑的屍首。死亡的筵席將夜空染成一片火紅，久久不絕。

衛宮切嗣走出崩垮的市民會館，目睹了這一切。

生命滅絕的模樣與噩夢中折磨他的景象真是太相似了，但這是最血淋淋的現實。

× ×

少女做了一場夢，夢到世界燃燒起來。

她在羽絨被中驚醒，嚇得渾身發抖。

寢室包裹在壁爐的溫暖與柔和火光之下，就和平時一樣安寧舒適。窗外凍結的黑夜絕對無法威脅躺在床上的少女。

即使隔著一片厚厚的玻璃，外面呼呼大作的風雪聲還是悄悄地鑽了進來。一定是這道聲音讓少女聽成是人們被燒死的哭泣聲。

——怎麼了，伊莉雅斯菲爾——

聽見這聲音的同時，少女感覺母親的手溫柔地撫摸自己的臉頰。無論何時，母親的聲音與感觸都陪伴在少女身邊，讓她感到安心。

少女以及她的母親，都是用從前某位被稱為『冬之聖女』的魔術師的人格為基礎所設計出來的。因此她的母親、她的阿姨總是在她的內部，從久遠之前『初始的羽斯緹薩』為始的所有人偶系譜全都記錄在她體內。

所以就算晚上獨自一個人裹著羽絨被睡覺，少女也絕對不孤獨。因為只要她出聲叫喚，母親隨時都會說話給她聽，出現在她眼前。

「聽我說……伊莉雅做了一場惡夢，夢到變成一個大杯子。」

母親的銀髮如流水般柔滑，緋紅色眼眸的柔和目光撫慰著少女。少女斷斷續續地敘述惡夢的內容。

「有七個好大的固體進入伊莉雅的身體裡，伊莉雅都快要爆開了。雖然害怕，但是又逃不掉。這時候伊莉雅聽到羽斯緹薩大人的聲音喔，頭上有一個好大的黑黑的洞……然後整個世界都燒起來了，切嗣還一邊看一邊哭。」

沒錯，伊莉雅的夢中有他。她那身負重責大任，現在人正在遙遠異國的父親……

一想到這裡，少女覺得剛才的夢境似乎有某種不祥的意義，又不安起來。

「母親大人……切嗣他還好嗎？他只有一個人，會不會覺得害怕呢？」

母親的面容對擔心父親安危的少女柔柔一笑。

——別擔心。為了伊莉雅，他會努力的。他一定會實現我們艾因茲柏恩的願望，再也不會讓伊莉雅感到害怕不安——

「……嗯，說得也是，一定是這樣。」

伊莉雅很明白那個人是個不服輸的拚命三郎，所以他一定很快就會完成重要的工作，回到這座城來。少女一天又一天地數著，等待那一天的來臨。一個人睡在床上雖然很冷，但是有母親陪在身邊她就不會孤獨——直到有一天，當她能夠正確分辨這些矛盾的時候。

少女將與父親的約定當作心中的寶物，在這座深鎖於風雪中的常冬之城一直等候下去。

×　×

落日的天空一片血紅。

放眼所及的大地也是一片血紅。

躺滿一地的屍骸以前都曾經相信過一名少女，擁護她為國王，共同高唱凱歌。

他們因為叛徒的詭計而分裂為兩派，互相敵視仇殺，然後共同在這座戰場上倒下。這裡就是亞瑟王絕命之地，卡姆蘭山丘。

阿爾特利亞從時空彼方的夢境甦醒過來，再次癱倒在染血的山丘上，神情恍惚地看著這片荒涼的景象。

她就是為了想要改變這個結局，所以才會把死後的靈魂交給『世界』，踏上追求奇蹟的旅程。

她決定再也不要回到這個地方，也相信自己再也不會看到這片景色。但是現在她卻再度跪倒於此。

不過這不是終點，只不過是在封閉圓圈中輪轉的旅程半途而已。

英靈阿爾特利亞就算擺脫從靈契約後也不會回到『英靈之座』，而是被帶回這座卡姆蘭山丘。那是因為她命中註定要死在這裡，而她現在正處於死亡前一刻的時間。

也就是說，她不是在現實世界死亡，正式成為英靈之後接受召喚的從靈。

在臨死之前，她與『世界』交換契約取得拿到聖杯的方法，代價是將她死後的靈魂獻出成為守護者——這就是阿爾特利亞這名從靈的真相。

契約將會在她取得聖杯之後執行。換句話說只要阿爾特利亞沒拿到聖杯，不管幾次她都會被拉回這個時間軸上。她永遠都必須為了爭奪聖杯的鬥爭而奔波，就連求得一死都不行。

因此阿爾特利亞的時間停止在死亡之前，不再流動。不管幾遍，卡姆蘭山丘都會

一次又一次出現在她眼前。這片景象將會永遠折磨她，直到有一天她贏得聖杯為止。

現在她只不過剛走完第一輪而已。

她孤零零地一個人留在死氣森森的山丘上。所有的一切都與締結契約的那一刻相同，沒有任何改變。

她的臉頰上依然沾滿淚水、籠手上依然染著鮮血，手中握著的長槍刺穿了自己兒子的心臟。

既是叛臣，同時也是自身骨肉的不幸之子莫德雷。歷經了所有的愛恨情仇，這一刻她終於把失去一切的兒子殺死了——

在這一瞬間，『世界』的意志被當世最哀悽的慟哭喚來，與渴望得到奇蹟的英雄訂下契約——

這座監牢將靜止的她永遠囚禁於其中。

在失去意義的時間之流當中、在等同永恆的剎那之間，她一邊迫不及待地等待下一次的召喚，一邊環視被落日染紅的戰場。

她賭上自身尊嚴，相信自己無論何時總是活得正正當當、光明正大。但是她卻忽略了造成這種毀滅性結局的導火線，就如同她忽略蘭斯洛特與桂妮薇雅的掙扎一樣。

只要她一天不明白自己的昏庸不明——這一點永遠是國王阿爾特利亞無法跨越的

極限。

既是這樣的話，那麼卡姆蘭山丘的慘劇就不單只是命運的惡作劇，而是阿爾特利亞王治世最終註定的結局。

「嗚……」

她終於壓抑不住，發出了啜泣聲。

她想起往日的平原。有一名少女不理會男人們在鬥技場較量武藝的喧囂嘈雜，獨自一人站在岩石中的選王之劍前。

那時候她在想什麼？

當她伸手握住劍柄的時候，心中立下什麼誓言？

回憶實在太過久遠，她那雙被淚水遮蔽的雙眼已經無法看透。

那麼——她該償還的過錯一定是發生在那初始之日。

她不再擦拭落下的淚珠。在這脫離時間大河的處所，不管她動了什麼念頭或是做了任何舉動，都不會在歷史上留下痕跡。在這裡，她不需要扮演王者的模樣，可以允許自己示弱，也可以允許自己出醜。

明白這一點之後，她回想起過去曾經想要完成的理想以及想要拯救的人們。

還有因為自己當上國王而毀滅的一切………

「……對、不起……」

雖然悲慟已經讓她哭到喉嚨哽咽，但她還是忍不住道歉。雖然明知沒有人聽得到她的聲音，少女還是不斷重複懺悔。

「對不起……對不起……我……都是因為我……」

歷經無止盡的兵燹之後，總有一天她會得到聖杯。那時候就用奇蹟抹消她最沉重的罪孽吧。

像自己這種人——打一開始就不應該登上王位。

直到下一次召喚之前，少女都將在這永恆而又短暫，名為安息的折磨當中不斷賠罪，以淚洗面。

接受那永無止盡的懲罰——

畏懼那永遠贖不盡的罪孽——

-03:11:56

——渦捲狂流。

罪孽與這世間的惡性不斷流轉增幅連鎖變換，形成無數的渦流。

暴食色慾貪念憂鬱憤怒怠惰虛偽傲慢嫉妒不斷旋轉旋轉侵犯占據冒瀆，形成無數的渦流。

叛亂罪贓物罪恐嚇罪姦淫罪毀壞罪重罪脅迫罪竊盜罪逃亡罪誣告罪縱火罪侮辱罪不敬罪任意判罪綁架罪行賄罪墮胎罪自殺相關罪賭博罪屍體遺棄罪聚眾滋事罪遺棄罪偽證罪贓物罪掠奪誘拐罪傷害罪等等全是死罪極刑憎恨吧抗拒吧否定殺殺殺不容許殺殺殺不接受殺殺殺殺是非善惡殺殺殺肯定殺殺許諾殺不不說什麼傻話殺殺來來去去只有這一套無趣之至這種程度算得了——

「——!!」

詛咒之音的漩渦翻滾，發現當中有異物存在。在毀滅一切的否定當中，有一道聲

音高唱『肯定』。

不可能。這道怨恨與詛咒的渦流當中怎麼可能存有正向肯定，因為這道渦流憎恨一切森羅萬象以大千世界為邪惡醜物所以應該無法保持正常無法接納無法忍受它的沉重——

——即使如此，這道肯定的聲音還是一樣傲然昂揚。

正是。此世原即如是，面對如斯常事何需悲嘆？何需驚訝？

「——!?」

詛咒之音問道。

何以為是？

何人認同？何人允許？何人肩負此惡？

面對這包含著所有黑暗質量的疑問，一抹清亮的哄笑聲回答：

此乃拙問，不值一哂。

王者認同，王者允許，王者亦擔負此大千世界。

「——!?」

黑泥問道，王乃何人。

就在問了之後，它才發現有所矛盾。

在這個絕對不容許「個體」存在的地方，黑泥認同了自身當中存有他者，自身內部懷抱了某種不可能的異物。

此異物即乃王者，也就是初始的至高之人，天上天下獨一無二的存在。

那人名喚——『英雄王』基爾加梅修。

「王者，捨我其誰！」

黑泥破散，灑出黑色飛沫。就算以自身所有怨恨還是無法完全消化這異物，只好把這絕對的自我嘔出來。

在燃燒的火紅廢墟中，他再次鼎立於天地之間。

呈現黃金比例的均衡肉體已經不再是從靈的靈體，而是現世血肉所構成的真正實體。否定一切生命的黑泥將自己內部混雜的不純物質結晶化之後捨棄，結果使得那位

英靈獲得肉體，重回現實世界。

就算置身於灼熱地獄當中，王者的一身威風甚至驅退周圍的火焰。基爾加梅修堂堂展現出如同雕像般完美的裸身，頗為不耐地冷哼一聲。

「──竟然把那種東西當作許願機器你爭我奪。這次的鬧劇直到最後還是讓人莫名其妙。」

不過這樣倒也不壞──英雄王審視自己意外得到的嶄新肉體，對身體的觸感覺得非常滿意。

「天意要本王再度君臨這個時代，統治世界嗎……哼，拿這種無聊的試煉來考驗本王。算了，雖然讓人不悅，本王就接受吧。」

就算再怎麼樣感到厭煩，既然是來自天神的考驗就不能逃避。自己身為英雄王的宿命讓基爾加梅修的臉上浮出苦笑。

穿過深沉的黑暗，言峰綺禮的意識甦醒過來。

他最初感覺到的是一股熱氣，還有人體脂肪燒焦的氣味。睜開雙眼四處一張，周圍到處都是直衝天際的火焰。

「這裡是……」

綺禮懷疑自己是不是又碰到黑泥，被抓進聖杯內部的心象世界。但是他發覺身邊有一名赤身裸體的男子在看著他，便否定了這種可能性。

「基爾加梅修……發生……什麼事了？」

「你這傢伙真是麻煩，要從瓦礫堆下面把你找出來可不是件輕鬆的差事啊。」

綺禮集中朦朧不清的思緒，試圖想要掌握事情的全貌。他記得的最後一件事情是自己在市民會館的大道具倉庫裡跪著，背後遭到射擊——不管再怎麼想，應該都是當場死亡才對。

他撕開僧袍的胸口部分，檢查應該被子彈射穿的部位。有一瞬間，他的眼中好像看到黑色汙泥的印象。

「……？」

是錯覺，胸膛上一道傷痕都沒有。他把手掌按在心臟的位置上。

心臟沒有心跳。

「……你對我施予什麼治療嗎？基爾加梅修。」

「這個嘛，本王也不清楚。看起來你似乎**已經死了**，不過你和本王有契約聯繫，本王因為那些泥巴獲得肉體的時候，或許也讓你陷入某種異常狀況吧。」

無法將基爾加梅修完全侵蝕掉的黑泥，經由他原本身為 Archer 從靈與召主連結的

魔力供給通路，逆流到言峰綺禮的肉體，並且代替心臟成為他生命力的來源，治療綺禮的傷勢讓他復活。

也就是說，現在的綺禮事實上是依賴『這世上所有的邪惡』所供應的魔力維持生命。

「所有的從靈都已經消滅，只剩下本王。你明白這代表什麼意思嗎？綺禮。」

「……」

綺禮的思路還不甚清晰，回視基爾加梅修的赤紅色雙眸。

「我們贏得了聖杯。你好好看清楚這場結局，如果聖杯真能感知勝利者的願望，言峰綺禮──這就是你想要的。」

這是一片紅焰地獄，淒厲恐怖的哀號聲隨風飄來。綺禮仔仔細細地注視著火炎高牆舞動。

「這就是……我的……願望？」

是的。如果他可以把現在將內心的空洞逐漸填補起來的物事稱之為「滿足感」的話……

「你說這種毀滅、這種悲哀就是……我的愉悅？」

沒錯。如果他可以把現在內心的高亢激昂稱之為「喜悅」的話……

言峰綺禮終於明白了自身靈魂的真實面貌。

毀壞之物如此美好。

痛苦呻吟之人如此叫人憐惜。

耳邊傳來的慘叫聲如此悅耳；燒焦扭曲的屍首如此好笑。

「……哈哈。」

他止不住沸騰的感情，絕望伴隨著哄笑聲釋放出來。

這是何等的邪惡，何等的殘忍。

偏離上帝之愛的邪路竟然充滿這樣活生生的喜悅。

「這是什麼？哈哈哈，我是什麼東西啊!?」

就連痛徹心扉的絕望都讓他覺得甘之如飴，停不住的狂笑讓他笑得全身打顫。從四肢的尖端到頭頂，他清楚意識到自身的存在。

啊啊，我現在的確活著——

是一條真實存在於此的生命——

他第一次認識，也是第一次實際感受到自己與世界的聯繫。

「此等扭曲、此等穢物竟然從言峰璃正的血緣中誕生？哈哈哈哈，不可能！這怎麼可能？這是怎麼回事!?難道我的父親是和一隻四腳畜生生孩子嗎!?」

他尋得的真理與自己畢生鑽研之道完全相反，這種諷刺實在叫人痛快。過去竟然繞了這麼長的遠路，還懷著虛幻不實的夢想，真是愚蠢之至。

綺禮過去還以善為貴、以聖為美，對此深信不疑。他把這二十多年的人生全都扔到臭水溝去，白活了。他根本沒發現自己潛藏的本性，一直在用完全不同的理念與角度看待這個世界。

「——感到滿足了嗎？綺禮。」

基爾加梅修靜靜地對他問道。就算笑到氣喘吁吁，神父還是抱著肚子笑個不停。

「不，還沒有。光是這樣還不夠。」

綺禮一邊擦掉情緒過度激動而滲出的眼淚，一邊搖頭答道。

「我確實在這段只有探求的人生裡找到了答案，這是很大的進步。不過，這根本沒有解決問題。答案只是突然扔到我面前，解答的過程或途徑都被省略了。這樣叫我怎麼能接受呢？」

如果上帝是萬物的造主，那麼對所有靈魂來說「喜悅」應該就是真理。所謂的道德應該就是追求喜悅的智慧。

但是這裡卻有一道靈魂獲得與道德規範完全相反的喜悅。綺禮現在確信了，那就是自己。

這種矛盾顛覆了善惡定義與真理的意義，他一定要窮究清楚。

「導出這種怪異解答的方程式應該是某種明確的道理，就存在於某處。不，一定要存在才行。我必須去追尋、探索那究竟是什麼東西……就算耗費一生的時間，我一定要領會才行。」

在綺禮笑得一陣人仰馬翻之後，微微一絲笑意就像是殘渣般留在他臉上。這張表情今後會成為他最一般的神情，時常掛在他臉上吧。唯有接受自身與世界的理念，肯定這一切的人才會露出這種有如悟道般的悠然微笑。基爾加梅修肯定言峰綺禮脫胎換骨後的嶄新風貌。

「你這傢伙真是讓人看不膩……這樣就對了。本王基爾加梅修就看看你的求道如何駁倒上帝吧。」

綺禮再度環顧四周，欣賞聖杯造就的絕美佳景。

這道黑泥濁流雖然將一整塊街區包裹在惡火當中，可是和留在大聖杯中的總量比起來，這恐怕只不過是其中一小滴而已。綺禮無法想像當那些黑泥全數解放出來的時候，究竟會形成什麼樣的地獄世界。

是的——那物事與綺禮一樣都是挑戰倫理之物。現在回想起來，當他在幽幻夢境看到那物事的時候，心中同樣也懷抱著期待。他期待像那種「東西」如果真的可以降

生，證明自身存在的話，或許能在倫理的求道之路上開拓出一種完全不同的可能性。

「這世上所有的……邪惡(Angra Mainyu)──」

綺禮說出那名字，語氣中充滿強烈的渴望。

總有一天綺禮一定要找到它。下一次一定要親眼見證它的誕生、它的存在價值。

──忽然，綺禮在舞動的火炎之幕另一頭發現一道人影。

那人就像是夢遊症患者一樣，踩著搖擺不定的步伐在燃燒的道路上徘徊。身上穿的長外套在熱風中輕飄，又破又爛，滿是汙灰。

那是衛宮切嗣。雖然綺禮不曉得他是怎麼活下來的，不過就算沒有Saber，他似乎還是在這場大火之中保住性命。

雖然走起路來委靡不振，可是他不斷轉頭，拚命查看四周，模樣看起來十分嚇人，簡直就像是在灼熱地獄徘徊的可憐亡者。顯然他在四處尋找什麼東西，甚至不怕被烈火捲入，活活燒死。

他該不會是知道沒有制綺禮於死地，這時候還執拗地追殺過來吧──

就在綺禮這麼想的同時，兩人的眼神相會。那道空洞虛無的眼神正面對上綺禮。

「我當然奉陪──」

雖然右手與左腳的傷還是沒好，但是綺禮現在覺得自己絕對不會打輸。他回想起

剛才那場讓人扼腕的勝負，不好好還以顏色他絕不服氣。

但是綺禮這股旺盛的氣勢卻被潑了冷水。切嗣慌亂的視線直接在綺禮身上掃過，繼續焦急地四下張望。他就這樣走到別的地方去，好像什麼事都沒發生過似的。

「………」

綺禮突然發覺剛才昂揚的亢奮情緒不知為何變得相當沉重苦澀。

「嗯？怎麼了，綺禮。」

看來基爾加梅修似乎沒有發覺綺禮剛才看到的人影。綺禮默不作聲地搖搖頭，隨意應付英雄王的質問。

衛宮切嗣的樣子看起來很奇怪。眼神就像無底深淵一樣空空洞洞，完全不像之前那樣敏銳。看他那副心不在焉的模樣，可能就連目光所及的事物都無法完全辨清，或許他根本沒察覺自己曾經與綺禮目光交會。

那名男子已經如同他的外貌一樣，形同一具空殼，再也算不上是綺禮的敵人了。口中大言不慚地說要拯救世界卻又造成這場大災害，切嗣才是真正的輸家。他一定是想要找到生還者做為最起碼的贖罪吧。簡直愚蠢。看那樣子要不了多久，他就會死在這場火災裡。現在他的存在已經沒有任何意義，不用特意理會。

——綺禮心裡想著，這麼告訴自己，但是在他心中還是殘留著無法抹滅的殘念。

就算已經變成一具行屍走肉，一個活死人。

但是**那個衛宮切嗣**看到言峰綺禮竟然視若無睹，直接離去。這件事實還是讓他感到一種難以言喻的屈辱。

-01:03:14

壞掉的機械偶爾會因為意想不到的偶然而繼續運作，不會就這麼靜靜地停止機能。雁夜還能夠爬回位於深山町的間桐宅邸，就是這種稀有狀況的其中一個例子。

事實上這幾個月雁夜的肉體一直處於命危狀態，只是藉由刻印蟲煉製的魔力勉強運作而已。因為Berserker失控，使得那些刻印蟲受不了過度魔力供給的壓榨而全數死亡，照理說雁夜的身體應該會完全癱瘓，立刻停止生命活動才對。

可是雁夜卻站了起來，離開機械室，逃出即將崩塌的市民會館，穿過烈火熊熊的街道，在夜裡走過橫亙冬木市的遙遠路途，沒有依賴聖杯的力量就完成了一項奇蹟。

但是現在的雁夜無法理解這件事有多珍奇，也無法對這不可能的幸運表達感謝之意。

他已經喪失時間感以及對事物的因果脈絡，就連今晚他如何在這場戰鬥中活下來的記憶也已經曖昧不清了。他的精神極度耗損，與破敗的肉體不相上下。把他帶到這裡來的，只是因為一個念頭——「拯救小櫻」。

雁夜走到那道他最熟悉、通往下方充滿腐臭氣味的黑暗深淵的樓梯時，安心與興

奮讓他吐了一口氣。

小櫻就在這道樓梯下方的蟲倉深處。只差一點，只差一點他就要到了。

一如預料，沒有人出來阻止他。臟硯一直經由刻印蟲監視雁夜的動向，他肯定以為雁夜死在新都的決戰之地了。雁夜早就期盼能有機會擺脫那隻老怪物，當然不可能放過今天晚上的絕佳良機。雁夜體內已經沒有蟲子，牠們被 Berserker 吃個精光。雁夜比那些蟲子撐得更久，他贏過那些蟲子了。

所以現在——現在一定可以救出身陷囹圄的小櫻，放她離開。

雁夜拾級而下。雖然不曉得是走下去、爬下去還是滾下去的，總之他進入黑暗之中。他聽見蟲群騷動的嘰嘰聲響。意外的入侵者驚嚇到蟲群，激怒了牠們。動作要快點，在臟硯發現之前一定要快點把她救出來。

在沙沙蠢動的黑暗深處，有一名嬌小少女的輪廓身影。小櫻今天也和平常一樣受到蟲群的侵犯與傷蝕。她那雙游移在半空中的空虛視線忽然轉向靠近過來的雁夜。

「……………叔叔……？」

「小櫻——我來救妳了。已經……沒事了——」

終於說出這句話了，他等這一天不知等了多久。

妳不用再感到絕望，不用放棄一切了。噩夢就此結束，再也不會降臨了。

雁夜解開深深陷入少女柔滑肌膚的手銬與腳鐐。來，小櫻我們走吧。一起去拿回屬於妳的未來。

雁夜與櫻手牽著手走出蟲倉，偷偷離開深山町，沒有讓任何人發覺。葵和小凜正在鄰鎮等著，母女三人終於在令人懷念的禪城家團圓。雁夜帶著笑語盈盈的母女三人一起踏上旅程，前往一個誰都找不到、誰都不會來打擾的地方，過著溫馨的日子。大家依照往日的約定一起幸福地玩耍，葵笑咪咪地看著櫻和凜在花田裡來回奔跑玩樂。櫻忙碌地到處收集酢漿草，由凜把酢漿草編織起來。兩人把編好的花冠戴在雁夜頭上，羞澀地說是給『父親』的禮物。葵的頭上也戴著相同的花冠，笑著握住雁夜的手。雁夜一邊流淚，一邊帶著笑容道謝，抱住心愛的人們。爸爸非常幸福，有美麗的嬌妻與可愛的女兒在身邊，夫復何求。所以他一點都不後悔，賭上性命終於有了代價。所有的痛楚與心酸獲得回報，他總算得到長久渴望的一切——

×　×

在蟲倉的溼冷黑暗中，櫻注視著倒在眼前的男子屍體。這個男人在最後喃喃自語說了些莫名其妙的話之後，不曉得為什麼帶著一臉滿足的笑容死去。

她搞不懂，這個男人怎麼又回到這裡來了？為什麼變成這副悲慘的模樣還拖命活著？

雖然櫻什麼都不知道，但是她至少很清楚這個人為什麼這麼痛苦，為什麼會死。

——因為他反抗爺爺。

只要是間桐家的人，誰都明白這種道理，為什麼只有他不知道。他明明是個大人，卻是個愚笨不明事理的壞人呢。

為什麼？為什麼這個人會死得這麼毫無意義呢？

櫻想了一會兒之後終於明白了。

這一定是今晚的功課。

這個人之所以會死在這裡，就是為了讓櫻親眼看看實例。違逆爺爺，想些不必要的事情會有什麼樣的下場。

好的，我明白了。爺爺。

少女乖巧地點頭，親眼看著男人的遺體被蟲倉的蟲群包圍，慢慢變小消失，把這景象深深烙印在腦海裡。

-00：00：00

——回過神來的時候，我身處一片焦土當中。
好像發生了一場大火。
熟悉的城市變成一片廢墟，就像是電影裡看到的戰場一樣。

火勢在凌晨時分變弱。
剛才還高聳入天的火牆矮了許多，幾乎所有建築物都崩塌了。
…………在這片斷垣殘壁之中只有自己還保留原型，這種感覺實在很奇怪。
在這一帶只有自己還活著。
不曉得是自己洪福齊天，還是自己的家蓋在氣運不錯的地方。
雖然不知道原因為何，總之只有自己還活著。
既然大難不死就一定要活下來才行。
一直留在這裡非常危險，所以我開始漫無目的地走著。
並不是因為我不願意像倒在周圍的人一樣變成一團焦炭。

……比起不想變成黑炭的念頭。
大概是因為有一種更強烈的情緒維繫著我的意志。
但我還是不抱希望。
因為能活到現在已經非常不可思議了，我不認為自己這麼容易就能獲救。
絕對無倖。
不管再怎麼掙扎，大概都無法逃出這片火紅的世界吧。
這片地獄如此讓人絕望，就連年幼的孩子都明白這件事。
我終於不支倒下。
是因為氧氣不足嗎？還是因為身體已經喪失呼吸氧氣的機能了？
總之我倒落在地，看著開始轉黑的天色。
身邊的人們都燒得渾身焦黑，縮得好小好小。
烏雲爬滿天空，告訴我再過不久就要下雨了。
…………能下一場雨就好了。只要下雨就可以澆熄這場火勢。
最後我深深吐了一口氣，看著雨雲。
明明就連呼吸都不行了，我只說了一句「好難過」。
身邊的人們已經連這麼一句話都說不出口，我代替他們說出內心最真實的感受。

真是超乎想像的痛苦，就連活著都是一種折磨，甚至覺得乾脆死了還比較輕鬆。

在朦朧不清的意識之下，我伸出手。這個舉動沒有什麼特別的意義。

伸手不是為了求助。

只是覺得天空好遙遠。

在臨死之前，腦海中只有這種念頭。

就這樣，我的意識逐漸消失，舉起來的手跌落地面。

…………不。

我的手並沒有落地。

有一隻大手握住無力落下的手掌。

……我記得那個人的表情。

那是一名男子。他的眼眶含著淚，因為找到一個活人而打從心裡覺得高興。

——因為他的表情實在太喜悅了。

讓我以為得救的人其實不是我，而是那名男子。

就這樣。

那名男子說了一句謝謝，好像在向什麼東西道謝。就連瀕死的我都覺得有點羨慕。

他說，找得到真是太好了。

就算只救到一個人也能讓我得到救贖。他這麼說著，好像在感謝某人似的，露出無比喜悅的笑容。

翌日

每一家電視臺都在大篇幅報導昨晚冬木新都大火災的新聞。

麥肯吉家今天早餐餐桌上的氣氛也由不得變得沉重起來。

坐在餐桌旁的人數突然少了一人也是很重要的原因。這幾天一直寄住在這個家的彪形大漢因為有急事，所以在昨天回國去了。由韋伯代替他感謝兩夫婦這幾天的招待還有代為轉達不告而別的歉意。

「亞歷士先生是不是平安回到英國了呢……」

瑪莎夫人面帶憂色地喃喃說道。韋伯點頭回答：

「凌晨的時候他從希斯路機場打電話來了。那傢伙真是的，完全不考慮時差。」

臨時編造出來的謊言並沒有動搖他的心。沒想到自己已經練就了這麼一張鐵面皮，就連韋伯心中都覺得很驚訝。

「有電話嗎？我都沒發覺。呵呵，可是這很像他的作風，不是嗎？」

老夫人輕笑一聲點點頭，把目光移回電視螢幕上，表情又沉了下來。

「……雖然很可惜，不過最近附近治安這麼亂，他回去說不定反而比較好。如果想要盡情觀光的話，最好還是請他過一段時間之後再來玩吧。」

「…………」

看到現場轉播所播放出的景象，讓韋伯感到十分內疚。

冬木市民會館周圍的大慘劇，毫無疑問一定是遭到聖杯戰爭的波及。他不確定剩餘的召主與從靈當中，是誰做出這種慘無人道的惡行，不過如果自己與Rider能夠在戰場上留到最後，或許就可以阻止這件慘事。一想到這裡，韋伯就覺得懊惱不已。

不過悲劇應該不會再發生了。雖然這是最糟糕的結局，但是從今天開始再也沒有什麼怪事威脅冬木市的夜晚。造成多數無辜人命犧牲的第四次聖杯戰爭，昨天晚上已經正式落幕了。

回想起這場戰爭的慘烈——韋伯深切體會到自己還活著是多麼珍貴的奇蹟。

「……爺爺、奶奶，我有一件事想和你們談談，可以嗎？」

聽到韋伯恭敬的語氣，兩人放下手中的咖啡杯。

「什麼事情這麼鄭重其事？」

「嗯，事實上呢……我想要休學一陣子。當然我會先和在多倫多的爸爸商量過，不過我想把時間用在學業以外的地方上……」

「哦。」

「這可真是……」

乖孫子意想不到的發言讓老夫婦睜大了眼睛。

「可是為什麼這麼突然呢……是不是討厭上學了？」

「不，不是這樣的。只是……過去我對課業以外的事物一直沒有什麼興趣，讓我覺得有點後悔。然後呢……嗯，我想出去旅行一趟，到處看看外面的世界。在決定今後的未來之前，我想先多了解一些事情。」

「喔～～」

老夫人喜不自勝地雙手在胸前交握，露出開朗的微笑。

「你聽見了嗎？葛連。韋伯他突然……突然說出像亞歷士先生一樣的話來了。」

韋伯聽到老夫人用這種方式評價他，覺得有些高興也有一絲寂寞，臉上露出苦笑。

「總之，因為還需要做一些準備以及事前工作，我想先開始打工……然後呢，其實接下來我要說的話才是正題。在冬木市裡有沒有只會說英文也能工作的地方？」

葛連老人雙臂交抱，露出沉思的表情。

「嗯嗯，這座城市和日本其他地方不太一樣，有很多外來居留者。我想只要拜託我的同僚，應該可以找到很多機會吧。」

「韋伯，這麼說——你還會在日本待一陣子囉？」

瑪莎夫人欣喜的表情讓人看了一目了然。韋伯頷首回答：

「嗯，如果可以的話……在未來有具體的計畫之前，我可以在這裡叨擾嗎？」

「當然可以啊！」

老夫人雙手一拍，高興得幾乎跳起來。坐在年邁妻子身邊的葛連老人表情十分認真，對韋伯送來只有他才能意會的注目禮。韋伯同樣也聳聳肩，有點不好意思地向葛連老人眨了眨眼。

韋伯一人回到房裡，重新環視沐浴在晨光之下的室內。

十一天——住了這麼一段漫長的時間，房內再怎麼樣都會自然而然地反映出居住者的色彩。

看到一半的雜誌、吃完後到處亂丟的煎餅包裝袋，還有滿地的空酒瓶。

這些都是之前另一個人在這裡起居飲食所留下的生活痕跡，不屬於韋伯的色彩。

韋伯一想到那些幽靈或是使魔之類的刻板印象就覺得好笑。開什麼玩笑，普通的靈魂要怎麼做才能遺留下如此深刻的「色彩」？

這個房間再也不會受到這股「色彩」的渲染了。

今後只有韋伯一個人在這裡生活。這裡將會逐漸受到韋伯自己的風格影響，之前的色彩會被掩蓋過去，這是誰都無法改變的事情。

如果覺得可惜或是寂寞的話，他只能讓今後染上的新色彩盡量清晰鮮明一些，努力讓那個人無比強烈的色彩不要褪色。

韋伯坐在床上，取出那本放在背包中的精裝版『伊利亞德』。

只過了短短十一天，書頁已經被翻到沾上手垢痕跡，有些泛黑。韋伯看著這本不知反覆翻閱過幾遍的書，回想起那名總是面帶愉快笑容的壯漢。那名男子喜孜孜地閱讀英雄阿基里斯的故事，為主角的冒險傳奇感到雀躍，還親身挑戰英雄的手采，終於讓自己的一生也成為歷史上的傳說。

那樣一名了不起的男子之前就在韋伯的身邊。韋伯與他一起生活，並肩作戰。之前還在那大言不慚，說什麼夢想的景色都是妄想。結果到最後的最後，還不是那樣欣喜若狂地奔馳，然後——

韋伯很羨慕他，這是真的。甚至還希望他能帶著自己一起去。

但是他卻把韋伯留下了。他問韋伯願不願意成為自己的臣子，聽完韋伯的回答之後便決定把他留下來。如果那時候韋伯說出不一樣的答案，他是不是會做出不同的決定呢？

「你這大笨蛋，說什麼臣子不臣子！不過你好歹也算是我的朋友，如果你要戰到最後一刻的話，我也願意給你點面子，和你一起去。」

假使韋伯有足夠的勇氣像這樣堅持雙方立場對等——那名男子應該會爽朗大笑，說不定會讓韋伯一起乘坐在他的愛馬上，一同邁進直到最後。

「……反正重點就是我還『不成氣候』就對了。」

韋伯獨自一人抱怨，嘆了一口氣，結果自己根本還不夠格和那個人並肩共立。在最後的關頭，自己的沒用暴露了出來，讓人悔恨又可惜。虧他一直自負自尊心比別人更強上一倍……

但是韋伯不需要急，他的年齡還不到那名偉大王者展開旅程時的年紀。從前讓那名男子大感訝異，興奮萬分的諸多冒險現在肯定也還存在於這個世上，出門旅行尋找那些冒險吧。或許總有一天就連自己也能在哪裡找到那片遙遠的大海吧。

——韋伯的視線忽然落在電視機角落，一個被扔在一邊的大紙袋。

對了，那傢伙雖然興高采烈地買下這些東西，結果卻連包裝紙都沒打開過。韋伯打開紙袋，拿出完全沒動過的主機和遊戲軟體。那傢伙還特地多買了一個遙控器，韋伯突然感到眼角一熱，他趕緊忍住。

「……雖然我一點都不想玩這種無聊的玩具。」

不過另一方面也是因為他才剛下定決心，盡量對其他不同的事物抱持興趣。既然東西就在手邊，反正玩玩也沒什麼損失，無論如何先試試看也好。

可是這東西真的好玩嗎？

韋伯滿心懷疑，蹙著眉頭。總之他檢視包裝的內容物，首先依照說明書的方式用連接線把遊戲機端子接在電視機上。

半年後

「——I know that my Redeemer lives, and that in the end he will stand upon the earth.」

送葬儀式在寒冷的細雨中安安靜靜地進行。

擔任喪主的是一名年紀尚幼的少女。

少女沒有把悲傷與不安表現在臉上。她的表情嚴肅，執行自己肩負的工作。每個人都讚許她勇敢又堅強，但是沒有一個人憐憫她，為她感到可憐。

舉辦葬禮的這一個家族本來就是這樣。前任家主以此為常，也用這種方式教育現任繼承者。受邀參加弔唁儀式的賓客也全都明白這一點。

「And after my skin has been destroyed, yet in my flesh I will see God; I myself will see him with my own eyes——I, and not another. How my heart yearns within me...Amen.」

棺木就這樣奉獻給大地。祈禱文結束之後，列席者開始一一散去，最後在寂靜無聲的細雨中，只留下擔任喪主的少女與執行儀式的神父。

「辛苦妳了。做為新任家主的第一件工作，這次妳表現得很好。想必令尊一定會感到很驕傲吧。」

凜默默地點頭，回應綺禮語氣平淡的讚美。遠坂家家傳的魔術刻印已經有大約百分之十刻在她的左手腕上了。刻印剛移植沒多久，尚未與肉體完全結合，此時還在隱隱作痛。不過少女參加整個儀式，完全沒有把這份苦痛表露出來。考慮到她的年齡，這種堅強的意志力可以算是相當少見。

時臣那封委託協會處理身後事的信函內容相當完善詳細，表現出他本人的性格。遺體移送與取出刻印的工作在倫敦的協會本部進行，由凜的監護人言峰綺禮實際在場見證，一切工作都順利完成。所有刻印都交給時臣可信賴的舊識嚴加保管，等到時機成熟的時候將會全數移植到凜的身上。

移植刻印會對身體造成莫大的負擔，最好是在繼承人的第二性徵發展完成之前階段式進行。因此如果上任家主猝逝，在處置上往往會伴隨各式各樣的困難。但是時臣似乎老早已經知道這一切，所有指示都非常完備。遠坂家經年累月的魔導結晶會分毫不差地由凜完整接收。

但是因為運送遺體與取出刻印的手術需要諸多手續與交涉工作，花了長達半年的時間才讓時臣的遺體回到故鄉。因此雖然往生者生前的人脈與功績斐然，這場過了半年的遲來喪禮，只邀請極少數知道概略前因後果的相關人士參加。這也算是魔術師的宿命吧。

等到墓園裡的人全部離去之後，綺禮把目光移向停放在後門的租用車。

「差不多該把妳母親帶過來了吧？」

「——好，我會的。」

擔任喪主的本來應該是未亡人遠坂葵，但是因為她現在有病在身，所以無法現身於人前。總之遠坂家對外界是這樣說明的，但是凜個人還是希望至少在父親的棺木蓋土之前，能夠讓他和母親最後再見上一面。

其他列席者還在的時候，凜就一直讓葵在車上等著。她把母親帶下車坐上輪椅之後，推到時臣的墳前。年輕貌美的未亡人臉上神色木然，雙眼虛幻的眼神直直盯著天空。

「媽媽，來，最後向爸爸說句道別的話吧。」

聽到凜的敦促，做夢之人的眼神忽然聚焦在地上。

葵環顧四周的墓碑行列，有些膽怯地眨眨眼。

「呃——凜，今天有誰舉辦喪禮嗎？」

「是啊，爸爸他死了。」

「那就糟了，必須快點把時臣的禮服拿出來——凜，去幫櫻換衣服。啊啊，該怎麼辦，我也要打理一番才行……」

葵坐在輪椅上一陣慌亂之後，忽然就像斷了線的人偶似地垂下腦袋，隨後又再度抬起頭來，這次她對著無人的半空中微微一笑，伸出手開始動著手指。

「你看，領帶歪了喔，背上也黏著毛屑。呵呵，請你打起精神，你可是凜和櫻兩人最引以為傲的父親呢……」

葵對著只有自己才看得見的丈夫殷勤地說道。凜只是在母親身邊忍耐著，一語不發地看著她。

綺禮當然沒有把遠坂葵如何因為缺氧的後遺症造成腦部損傷的來龍去脈告訴凜。凜只知道葵也和父親一樣，成了第四次聖杯戰爭的犧牲品。

葵喪失正確認知現實的能力，就某種意義上來說或許也是一種幸福。在她內心的世界，遠坂家又回到櫻還在、時臣也還活著的時間，就此停止不動。葵每天就在寬敞的遠坂家徘徊，與記憶中的丈夫與次女交談、歡笑，生活在家庭圓滿的夢幻之中。

照顧母親的凜被孤零零地留在現實世界過活，每天看著母親在眼前演出她無法共享的幸福默劇。年幼的下任家主無法與任何人分擔悲傷的心情，今後她必須背負沉重的魔導家門，還要忍受刻印帶來的痛苦。對一個只有小學生年紀的少女而言，這種命運實在太殘酷了。

對言峰綺禮來說，擔任這名悲劇少女的監護人真是大大的幸運。

他已經知道自己畸形的感性只能在別人的痛苦與悲傷當中找到喜樂。在他的眼中，凜的現狀就一名多愁善感的少女來說真是最無懈可擊的成長環境。自己能夠處於最近的位置就近觀賞，就好像是拿到一瓶特等美酒一樣讓人高興。

但是──綺禮的願望真的實現了嗎？讓人很不滿的是，事實上完全不是那麼一回事。

雖然這名年幼少女背負著世上少見的悲哀困境，但是她從來不流一滴眼淚，甚至連抱怨的話都沒說一句。

就像現在，看著悲慘的母親連父親喪禮都無法清楚認知，凜堅強地壓抑感情，等著母親的狀況安定下來。對一名年紀尚小，還需要向雙親撒嬌的小孩子來說，這應該是一幅相當絕望悲慘的畫面才對。

凜把這當作是自己的命運，並且毅然決然面對這一切。這種少見的強烈自尊與克己心就是遠坂凜這名少女最大的美德。站在綺禮的立場，這也是最讓他感到痛恨的困難之處。

這女孩或許的確是裝滿了美酒的酒瓶，但是一個打不開瓶蓋的酒瓶不但無法品嘗個中美味，反而還叫人惱怒。

就算有再多苦難降臨在她身上，這些逆境全都只會磨亮凜這顆原石而已。就連至愛母親的悽慘醜態都不會對她的人格養成造成心理障礙，說不定看見人類的脆弱與虛幻反而還會讓她培養出慈悲與寬容的心靈。

這名少女雖然走在魔導這條道外之途，卻沒有魔術師特有的扭曲與缺陷。她或許會像從前她父親那樣，像正常人一樣形成均衡的人格。對綺禮來說，這是他最不希望看到的狀況。他本來還期待遠坂時臣的親生女兒一定會開出一朵相當異常扭曲的妖豔花朵。

綺禮藏起內心真正的想法，將手放在凜細小的肩膀上激勵她：

「我之後又要離開日本一陣子……妳對今後的生活有什麼不放心的嗎？」

「……沒有。我沒有什麼事情需要依賴你。」

少女看也不看綺禮一眼，以冷硬的聲音不悅地說道。

凜遵從父親的遺言，對言峰綺禮擔任監護人的事情沒有表達反對意見。但她還是絲毫不掩飾自己對綺禮的厭惡感情。綺禮身為時臣的助手與他一同上戰場，到頭來卻還是沒能保護時臣周全。凜至今還是對綺禮懷抱著憤怒與不信任感吧。

凜的稚拙恨意讓綺禮感到非常滑稽。他現在就已經很期待將來當凜知道真相的時候，她會露出什麼樣的表情。

「我們下次見面就是半年後了。屆時將會進行第二次刻印移植，妳要好好保重，注意身體狀況。」

「……不用你說我也知道。」

「今後我可能會愈來愈常被派到外地工作。暫時無法在日本安定下來，非常抱歉。我也覺得我這名監護人很不中用……」

「你這麼忙碌真是太好了。就算你不在也無所謂，我自己一個人可以照顧好遠坂家和母親。你就去盡量獵殺什麼異端，好好忙個痛快吧。」

凜努力擺出架勢，冷哼一聲撇過頭去。她今天的態度比平常還要更加嚴厲苛刻，今天這個日子對少女來說果然特別沉重難熬吧。

綺禮的腦海裡忽然閃過一件有趣的取樂點子。

「——凜，從現在開始妳就是遠坂家名副其實的主人了。為了今天這個日子，我要送妳一樣東西。」

綺禮說完，從懷裡取出一柄帶鞘的短劍。

那是時臣死前送給綺禮當作友誼證明的阿索德劍。今日逢喪，綺禮為了懷念故人也把這件回憶物品帶在身上。就算是對自己下手殺害的人也這麼有心，這就是言峰綺禮。

「這是之前時臣老師肯定我修練魔術的成果，送給我的物品——以後這就交給妳吧。」

「——這是父親的——」

凜接過綺禮遞出的短劍，檢視收在劍鞘裡的劍刃。她畢恭畢敬地輕撫捲著皮革的劍柄與劍刃上的魔法文字，好像在懷想以前父親的指尖如何雕刻出這些精巧的紋飾。

「……父親……」

短劍在少女的手中如同漣漪般微微一顫——晶瑩的淚珠落在雪亮的劍刃上。

這是凜第一次在綺禮的面前掉淚。

綺禮終於得以品嘗期待已久的瓊漿美味，心中充滿動人心魄的喜悅。

凜不知道真相。現在自己淚水滴落的劍刃曾經啜飲時臣本人心臟的鮮血。從今以後她一定會把對摯愛父親的回憶寄託在這柄短劍上，細心收藏起來，渾然不知這就是殺害父親的凶器。

用這種毒辣的諷刺踐踏純樸的心靈，這就是讓綺禮的靈魂感到喜悅的醍醐味。

凜低頭哽咽，手中一直緊握著那柄左右命運的短劍，完全沒發覺神父正俯視著自己露出無聲的笑容。

五年後

今晚的月亮非常皎潔。

衛宮切嗣無所事事地坐在緣廊，抬頭望著月亮。

雖然時值冬天，但是今天晚上的氣溫不太冷，只是有些沁涼，正適合觀月為樂。

在切嗣身邊有一名少年，同樣也是閒來無事和切嗣一同賞月。

少年名叫士郎。

他是之前燒毀切嗣所有一切的那場大火中，帶來唯一救贖的人。

從那一天之後已經過了五年，當時還只是個小孩子的士郎最近也健壯了不少。

那場火災讓士郎失去所有親人，切嗣便收他為養子，然後把那棟買來給愛莉斯菲爾當作藏身之地，有倉庫的廢屋整修到勉強能住人的程度，兩人就在那裡住了下來。

就連切嗣他自己都不了解為什麼這麼做。沒有其他地方可去固然是一個原因，但是說實在的，他不是已經連繼續活下去的理由都沒有了嗎？

衛宮切嗣這個人過去秉持的目標與理念，都在那一天的大火中燒得一乾二淨。那名孤身留在焦野的男子，只不過是一具心臟還在跳動的屍體罷了。

事實上，如果切嗣沒有發現士郎就這麼離去的話，他現在可能真的已經死了。

但是他卻遇見了，遇見那個在生人死絕的大火中苟延殘喘的孩子。

那件奇蹟在這個曾經名為衛宮切嗣的空殼當中注入新的內在。

現在仔細一想，那還真是一段奇妙的生活。

拋棄妻女的男人暫且扮演著父親的角色——

失去雙親的孩子暫且扮演著兒子的角色——

曾幾何時，不斷重複的每一天已經成為一成不變的日常生活了。

雖然切嗣還不滿四十歲，士郎卻叫他為「爺爺」。就連切嗣都覺得這種稱呼沒有叫錯。

因為切嗣體內殘存的活力以及對於未來的期望，實際上已經與遲暮老朽差不多了。

在那之後，切嗣度過一段十分安逸平和的時光，好像活在別人的夢境中一樣。

他的人生原本只有喪失。可是就在五年前的那一天之後，再也沒有一個人從切嗣的眼前消失離去。

士郎、大河、雷畫老人還有藤村組的年輕小夥子們從與切嗣相識的那天開始，一直到現在都還在他身邊。

說也奇怪，要是在以前的話，所謂邂逅只不過是離別的開始而已。

但是因為他得到這樣的幸福，所以也付出了相對的代價。

他再也拿不回曾經失去的一切。

切嗣好幾次假借「出門旅行」的名義，瞞著士郎前往艾因茲柏恩的領地，目的是為了想救出獨自留在冬之城的女兒。

但是不論切嗣再怎麼鍥而不捨地屢次造訪，約布斯塔海特就是不肯打開森林結界。其實這也難怪，因為切嗣在最後關頭背叛使得艾因茲柏恩第四次挑戰聖杯的機會毀於一旦，就算遭到什麼制裁也是理所當然，但是亞哈特老人卻沒有這麼做。可能是他認為背叛主人的狗應該就這麼逐出門去，任其活著背負恥辱，直到悽涼地死在外頭。也或許是因為他判斷讓切嗣終其一生無法與女兒伊莉雅斯菲爾相見才是對切嗣最有效的懲罰，而他的想法的確是事實。

如果是從前以『魔術師殺手』的惡名名滿天下的切嗣，或許還有希望突破極寒森林的結界，進入城中與女兒相會。但是他接觸到『這世上所有的邪惡』，詛咒的侵蝕已經讓他的肉體衰弱到如同罹患絕症一樣。他的手腳衰退無力、視線模糊，八成的魔術迴路都已經失去機能。現在的他就像是半個病人，當然不可能找得出結界的起點，頂多只能在暴風雪中徘徊，直到差點活活凍死。

可能是因為幾次勉強自己身體的影響吧——最近切嗣開始漠然察覺自己大限將近。反正當自己受到黑泥詛咒的時候就已經命不長久了。

近來切嗣愈來愈足不出戶，茫然度日，沉浸在回憶當中。

他想著自己的人生究竟是什麼——

現在與士郎一起無所事事地看著月亮的同時，他的腦子裡也一邊想著這些事情。

「……小時候，我曾經憧憬成為正義的使者。」

這句話忽然衝口而出。

這是一句他已經捨棄很久很久的話語，就像是一艘從很久以前就沉沒在海底深處的遇難船隻一樣——沒錯，他曾經想要向某個人說這句話，但終究還是沒能說出口。那個人究竟是誰呢？

可是士郎一聽到切嗣這句話，表情就垮了下來。

「那是什麼意思？你說曾經憧憬，意思是說現在已經放棄了嗎？」

士郎很討厭切嗣說這種否定自我的話。他非常崇拜切嗣這個人，然而切嗣內心對士郎這種感情總是覺得相當慚愧。

少年把義父當成什麼非常了不起的人物看待，但是他不曉得衛宮切嗣的過去——對切嗣這一生所帶來的災禍與喪失完全一無所知，竟然把切嗣視為榜樣。

如果切嗣對這段父子倆共度的時光有什麼後悔之處，那就是士郎心中的自我犧牲情操與正義感過於強烈，幾乎可以算得上是一種異常，而原因似乎就是來自他對切嗣這種偏差的憧憬心理。士郎說想要成為和切嗣一樣的人，想要步上與切嗣相同的道路。

如果士郎過著與切嗣一樣的人生，和切嗣一樣逐漸崩壞的話，就連最後這五年的安詳時光都會變成詛咒……但是切嗣到最後還是無法勸誡士郎，告訴他那是一項多麼愚蠢的選擇。

士郎問切嗣是不是已經放棄了。這個問題讓切嗣的胸口為之一痛——沒錯。如果早一點乾脆放棄的話，不曉得會有多少人事物獲得救贖。

切嗣假裝遠眺明月，以苦笑掩飾心中的悲痛。

「嗯，雖然覺得很遺憾，不過當英雄是有限定時間的。長大成人的話就很難再自稱是英雄，當初要是我能早點發覺這件事就好了。」

要是能早點察覺的話——他就不會被許願機實現奇蹟這種好聽話所吸引了。

從前切嗣為了拯救世界，差點放出毀滅世界的惡魔。就是因為他太晚發現這件錯誤，導致無數人命犧牲，其中還包括士郎的親生父母。

那片地獄現在還潛伏在圓藏山的地下深處。切嗣當然已經做好防範措施，他把那場戰爭後用剩的炸藥全都收集起來，花了幾年的時間在幾處地脈上動手腳，讓一部分流進圓藏山的靈脈產生「瘤塊」。這也是他生涯中最後一次使用魔術。

從地脈聚集而來的大源魔力經過漫長的時間在那顆瘤塊堆積，等到總有一天超過臨界點的時候就會在圓藏山正下方引發範圍極小的大地震。快的話三十年，最慢在四十年之內「瘤塊」應該就會破裂。根據計算，這場大地震一定可以讓圓藏山的地下空洞崩盤，封鎖『大聖杯』。雖然切嗣無法在他有生之年看到成果，但這是為了阻止六十年後第五次聖杯戰爭再啟的措施，也是現在他唯一能做的。

士郎對剛才切嗣那番沉痛之下勉強編造出來的說明思考了好一陣子，似乎多少能夠接受，露出若有所思的表情點了點頭，說道「既然如此那也沒辦法了」。

「是啊，真的是莫可奈何呢。」

切嗣同樣帶著哀嘆之意回應。

莫可奈何啊——

切嗣知道這句話根本不算什麼安慰或是補償，只是遠遠望著天上的月亮。

「——啊，月色真的好美——」

今天晚上或許是切嗣畢生第一次覺得月亮這麼美麗。士郎能夠和他一起把這美好的景色留在記憶裡，讓他覺得非常高興。

「嗯，既然切嗣沒辦法，就由我來代替你成為英雄吧。」

在照亮黑夜的皎潔月光之下，少年用一種若無其事的口吻立下了誓言。

少年要代替切嗣成為他曾經憧憬，卻又放棄的人物。

這時候切嗣恍然大悟。

從前他也曾經想要發誓，想要把這句話告訴一個他最重視的人。

他早已遺忘那時候心中的驕傲，還有那道他原本以為絕對不會喪失的光輝，直到現在這一刻——

「爺爺已經是大人，所以當不成英雄，但是我就沒問題了吧。爺爺的夢想就交給我啦。」

士郎繼續這道誓言。他把自己說出的一字一句伴隨著今晚的夜色一起刻在心中，當成永不磨滅的回憶。

對，如果是在這麼美好的月色之下——他一定不會忘記的。

這是衛宮士郎最初的信念。如此可貴而純潔的祈願一定會成為美好的瑰寶，永遠留存在他的心中。

少年繼承切嗣這名愚蠢義父的理想，終究還是會嘗到世上各種悲哀以及無盡的絕望吧。

但是就算如此，只要他心中還記得這段月夜下的回憶，他就一定可以回歸到現在這一刻的自我。找回那顆勇敢、無懼悲傷、懷抱著憧憬自立自強的赤子之心。

對切嗣來說，那就是他渴望卻不可得的救贖。曾幾何時，他遺忘了最初的自己，只是不斷地耗損下去。

「是嗎？啊——那我就安心了。」

士郎就算過著像自己一樣的人生，也絕對不會犯下和自己一樣的錯誤。

衛宮切嗣閉上眼睛，感覺這項領悟將他心中所有的傷痕逐漸抹平。

就這樣——

這名終其一生毫無成就，亦毫無所獲的男人帶著他在最後僅得的安寧，彷彿進入夢鄉似地斷了氣。

——凱利，長大後你想成為什麼樣的大人——

在耀眼的陽光下，她這麼對我問道。

我想要守護她的微笑與溫柔。

因為這個世界是這麼地美好，我希望此時此刻的幸福能夠永恆不朽。

因為這個念頭，所以我把那句誓言說出來。

因為我想要把現在這份感情永遠銘記在心。

——我啊，想要成為正義的夥伴——

解說

故事就這麼來到了原點。

七名魔術師與七大從靈之間的戰鬥，充滿理想與妄執的殊死戰在此迎接大結局。衛宮切嗣得到的不是理想也不是希望，而是這一切事物的根本，一個通往明日的「未來」。

◆

《Fate/Stay Night》與《Fate/Zero》是什麼？

關於這個話題，虛淵玄先生在第一集的解說幾乎已經完全講透了，因此請容我不再針對作品背景做贅述。暫且不論我是否有資格為系列作最後一本的第六集做解說，身為「Stay Night」的原作者，奈須蘑菇想要談談自己眼中的本作以及這套作品的本質。

距今十多年前，以提供娛樂為主的遊戲業界面臨了不知道第幾次，而且規模前所未見的大變革期。之後建立起一大王朝的商業遊戲機『Play Station』即將上市；個人電腦因為需求逐漸擴大，進入廉價且容易購買的時代。以漫畫市場為象徵的同人界也獲得大眾的認同，逐漸發展出一種不經由出版社發售的新通路。娛樂多樣化以及創作型態的修正／變革影響極為深遠，傳統的基本結構早已經不堪負荷，無法支撐持續成長的「玩家欲望」。這個轉機讓許多年輕人成為消費者或是創作者，二〇〇〇年就是這麼一個劇變的轉捩點。

變革不只發生在基本結構上。以前遊戲都是做給多數大眾玩的，但是隨著玩家愈來愈多、口味愈來愈挑剔，他們開始要求更高水準的「內容大綱」。不消說，就是指遊戲劇本。在這之前，劇本只是用來讓遊戲系統與繪圖有所發揮而已，現在終於自立山頭，成為獨立的基本條件之一。

更優質的劇本、更有深度的故事。

為了回應玩家的期待，九〇年代後期電腦遊戲業界誕生出多如繁星的名作，形成一個不管再小眾的市場都以內容有趣掛帥的世界、就算是脫離大眾取向的深度核心作品，只要有內容就一定有人欣賞的世界。當時尚未發掘自己真面目（或者應該說是症狀）的新人寫手・虛淵玄也是其中一個出現在這時代的人物。

從過去到現在，電腦遊戲業界一直有一條不變的不成文規則——只要遊戲裡加入男女主角的戀愛要素，其他東西愛怎麼玩都行。

虛淵玄就是依循這個「依照你的欲望行動吧！」的內在聲音，依次創作出許多作品。

《Phantom PHANTOM OF INFERNO》、《吸血殲鬼 VJEDOGONIA》、《鬼哭街》、《沙耶之歌》、《續・殺戮決哥》。

事實上這些作品在電腦遊戲業界並不算稀奇。就像我剛才所說的，這是一個什麼種類題材都能寫的世界。槍砲、吸血鬼、科幻、克蘇魯神話等題材在之前都已經有前輩用過。之後常常有人說「虛淵玄成功開拓了一個從未有人嘗試過的嶄新題材」，但其實這是錯誤的認知，虛淵玄本人也說「我只不過是跟隨前人的腳步而已」。身為一名作家，他的獨到之處不是在於筆走偏鋒，而是對於故事的虔誠、隱藏在故事內涵中的虛淵主義還有卓越的工筆，讓他不論處理任何種類的題材都能夠編寫出優質的故事。他在出道作《Phantom》的時候就已經達到完美的境界，現在雖然還在繼續進步，但那是從「完成形」更上一層樓。而我現在還在累積經驗，往「完成形」努力當中，站在我的角度來看，虛淵玄真是一個相當值得信賴的作者。他的多才多藝不只表現在本作《Fate/Zero》，而且也在二〇一一年初播放的電視動畫《魔法少女小圓》的劇本中展露無遺。

（順帶一提，當虛淵玄在二〇〇九年接受委託寫《魔法少女小圓》的時候，他嘴上唸著「又接了一個麻煩的企劃案，他們要我寫魔法少女的故事」，但是臉上的表情看起來卻很高興。不到半年，整套劇本的成品證明了他不是在吹噓。）

在自己已經決定要寫作的世界裡，把自己應盡的責任與想做的事情全都做到盡善盡美。這就是虛淵玄的作風。而這樣一名作家親口承認「自己想不出的點子」，在某種方面上算是甘拜下風的作品之衍生作，那就是《Fate/Zero》。

我不是虛淵玄本人，所以只能用想像的方式揣測《Fate/Stay Night》究竟是哪一點讓他這麼感佩。泛用度高的故事規則、汲取八〇年代到九〇年代所有傳奇小說的精華，還有登場人物的個性。原來如此，這些因素的確都觸動了他的感性。但是時至今日，我認為最讓他感動的應該是作品最根本的故事方向性。

虛淵玄在二〇〇五年以後得了一種「寫不出快樂結局的病」。這種病其實也不是只有他會得，只要是全心全意面對故事的作家，任何人遲早都會得這種病。有些作家克服病症，寫出希望；也有些作家正面抵抗病症，寫出理想。這兩種都是真正的堅強，只是類型不同而已。《Fate/Stay Night》的作者奈須蘑菇選擇前者的道路，而《Fate/

Zero》的作者虛淵玄則選擇了後者。

好巧不巧的是，這兩條路正好也是作品中的人物衛宮士郎與衛宮切嗣所選擇的人生立場。

我不會說什麼「作品登場人物的煩惱就是作者的煩惱」之類的傻話。因為作品中的登場人物只不過是作者的人格面具而已，絕不是作者本人。但既然是作者腦中模擬出來的人物，或多或少還是可以看出一點與作者之間的相似性……他已經決定要與理想（現實）奮戰，但是他也知道需要有人來講述希望（夢想），所以他吶喊著希望大家都去看看ZERO這個故事的後續，不然他在這裡的奮戰就失去意義了。這是因為理想與希望必須相輔相成，如果兩者失其一的話就沒有任何價值。

虛淵玄在第一集的解說中曾經說過「在這部作品中投入了所有的一切」。

如果《Fate/Zero》不只是描述一個男人我執與解放的故事，同時還能為一名作家帶來「未來」的轉機，我身為一個衝向大團圓結局的接棒者，真是再也沒有比這更讓我高興的了。

今後虛淵玄的作品還會受到更多讀者的愛與恨吧。

這樣就對了。在這個世上有人以良善描述虛假事，也有人以惡性描述真祈願。能夠承蒙這位作家為我寫出「Fate」最初的故事，比其他任何人來寫更讓我獲得無比的激勵。

該怎麼說呢。這樣說雖然有點大言不慚，快樂大結局就交給我吧，阿玄。

最後要向所有一路看到這裡的讀者表達謝意，感謝各位喜歡本書，同時今後也請各位多多關照。本書雖然已經是一套非常完整的故事了，但是之後的故事才是作者真正的願望。

身為本書的一大粉絲，如果您在看完本書之後還願意拿起《Fate/Stay Night》，繼續看到虛淵玄所夢想的結局，那真是我無上的喜悅。

二〇一一年五月　奈須蘑菇

浮文字

Fate/Zero 6 煉獄之炎

（原名：フェイト／ゼロ 6 煉獄の炎）

作者／虛淵玄　插畫／武內崇・TYPE-MOON　譯者／hundreder
發行人／黃鎮隆　副總經理／陳君平
副理／洪琇菁　國際版權／黃令歡
執行編輯／呂尚燁　美術主編／陳又荻
企劃宣傳／邱小祐
出版／城邦文化事業股份有限公司 尖端出版
台北市中山區民生東路二段一四一號十樓
電話：（〇二）二五〇〇七六〇〇　傳真：（〇二）二五〇〇二六八三
E-mail：7novels@mail2.spp.com.tw
發行／英屬蓋曼群島商家庭傳媒股份有限公司城邦分公司　尖端出版
台北市中山區民生東路二段一四一號十樓
電話：（〇二）二五〇〇—七六〇〇（代表號）
傳真：（〇二）二五〇〇—一九七九
北部經銷／祥友圖書有限公司
電話：（〇二）八五一二—三八五一
傳真：（〇二）八五一二—四二五五
中部經銷／楨彥有限公司
電話：（〇二）八九一九—三三六九
傳真：（〇二）八九一四—五五二四
雲嘉經銷／智豐圖書股份有限公司　嘉義公司
電話：（〇五）二三三—三八五二
傳真：（〇五）二三三—三八六三
南部經銷／智豐圖書股份有限公司　高雄公司
電話：（〇七）三七三—〇〇七九
傳真：（〇七）三七三—〇〇八七
一代匯集／香港九龍旺角塘尾道六十四號龍駒企業大廈十樓B&D室
電話：（八五二）二七八三—八一〇二
傳真：（八五二）二七八二—一五二九
馬新經銷／城邦（馬新）出版集團　Cite(M)Sdn.Bhd.
E-mail：Cite@cite com my
法律顧問／王子文律師　元禾法律事務所
台北市羅斯福路三段三十七號十五樓
二〇一四年五月一版一刷
二〇二一年二月一版六刷

■中文版■

郵購注意事項：
1. 填妥劃撥單資料：帳號：50003021戶名：英屬蓋曼群島商家庭傳媒(股)公司城邦分公司。2. 通信欄內註明訂購書名與冊數。3. 劃撥金額低於500元，請加附掛號郵資50元。如劃撥日起 10～14日，仍未收到書時，請洽劃撥組。劃撥專線TEL：(03) 312-4212 ・ FAX：(03) 322-4621。E-mail：marketing@spp.com.tw

國家圖書館出版品預行編目資料

Fate/Zero 6 / 盧淵玄 著； hundreder譯.--1版.
--臺北市：尖端出版, 2013.11
面； 公分.--(浮文字)
譯自:Fate/Zero 6
ISBN 978-957-10-5563-3(第6冊：平裝)

861.57　　　　　　　　　　102014212